南社社友图像集

张明观　张慎行　张世光

编著

上海人民出版社

话说南社（代序）

柳光辽

今年（2019年），是南社成立110周年，南社已经成为历史。南社活跃于清末民初，那时，中华民族处在两千多年未遇的大变局中。南社人，我们的祖辈曾祖辈，企图突破危机，抓住机遇，促进社会转型，实现中华民族现代化的理想，留下了许多南社和南社社友的故事。有成功的故事，也有失败的故事。重温那些南社的故事，体会他们的豪情，品味他们的理想，总结他们的经验教训，以史为鉴。

1840年的中英鸦片战争打破了清政府闭关锁国的泱泱大国梦。接踵而来的西方列强的军事、经济、文化入侵，引发了严重的民族危机和社会矛盾，救亡图存的历史课题，摆到了中华民族的面前。中国向何处去：救亡图存的目标是什么？救亡图存的路怎么走？怎样动员和组织救亡图存的主力军？当时的情况很像两千多年前的春秋战国，中华民族面临一场剧变。前一次，是由东周末年"礼坏乐崩"的内部矛盾引发，优胜劣汰，社会架构由分封的列国体制转变为中央集权的帝国体制；这一次，则是被外敌入侵逼发，缺少内生原动力和思想准备。洋务运动和戊戌变法相继失败表明，想依靠清王朝自己实施体制改革行不通。日益深重的社会动荡，把危机感扩散到体制外的士绅阶层，促使其中的先知先觉者惊醒，加入救亡的行列。《南社启》声明："一国之事，非一、二人所能为，赖多士以赞襄之。"成立南社，标志这个社会群体意识到自己的历史使命，想组合起一股推动社会变革的政治力量。杨天石在《帝制的终结：辛亥革命简史》中，把这个群体称为共和知识分子，或平民知识分子，南社就是部分平民知识分子组成的民间社团。

早期（辛亥革命前后）的南社社友大多是同盟会会员，为什么要在同盟会之外再成立南社呢？高旭在《无尽庵遗集·序》中回忆道："不佞与友人柳亚卢、陈去病于同盟会后更倡南社，固以文字革命为帜志，而意实不在文字间也。盖陈柳二子深知乎往时人士入同盟者，思想有余而学问不足，故借南社以为沟通之具，殆不得已之苦思欤！"任何一种社会体制，都要有一套思想体系为它"塑形"，规范社会秩序和社会成员的行为模式；任何一次社会转制，都需要有去旧布新的思想解放作前导，为它凝聚共识。春秋战国时期的"百家争鸣"，提出各种"中国向何处去"的备选方案，是从封建的列国制向中央集权的帝国制转型的前导；成立南社，则是要建立一个思想交流的平台，聚合有志之士，为从专制社会向现代社会转型出谋画策。建构新思想体系的着力点在哪里？南社内部意见不一，众说纷纭，莫衷一是。姚光"素持保存国学主义"，认为"今光复功成，民国建立，未始非提倡国学之结果"；高燮认为"夫国学莫先于儒术，而儒术之真莫备于孔学"；高旭认为"鄙意废孔用墨，共和乃成；平等兼爱，斯为极则"；姚鹓雏认为"墨学中绝少真传，全书纯驳互见"，不能成为"举国之学鹄"；马君武以为"唐宋元明都不管，自成模范铸诗才。须从旧锦翻新样，勿以今魂托古胎"；周祥骏主张贯通新学，"驱策化、电、声、光，观摩倍、笛、达、赫，然后提挈儒学，互相衡量，醇疵毕见，始萃一炉"……议论纷纷的现象，折射出对汹涌而来的西潮既新奇又恐惧的心态，也意味着一种突破，意欲冲决专制的"废黜百家、独尊儒术"的思想罗网，探寻能支撑未来社会体制的意识形态，反映了救亡图存过程中传统文化与西方文化间的冲撞与融合。那是一个感到自己历史责任的民间群体，一个"放眼看世界"、觉得"外面的世界真精彩"的群体。《南社例十八条》规定："各社员意见不必尽同，但叙谈及著论可缓辩而不可排击，以杜门户之见，以绝争竞之风"，表明南社建立交流平台（沟通之具）的意愿，期望通过切磋"学问"，捣破"'天王圣明，臣罪当诛'的好梦"，议论"中国向何处去"的各种方案，通过办报刊、兴新学，凝聚共识，推动思想启蒙，发挥"觉民"作用。对10年后的五四新文化运动来说，南社开新风、育人才，起到了先导作用，它的成员是黎明前黑暗中的探路人。

据成立前公布的《南社例十八条》规定，"品行文学两优者许其入社"；"社员须不时寄稿，以待刊刻"，"所刊之稿即署名《南社》"；"社员散处""故定春秋假日开两次雅集"；"社长每岁一易人，雅集时由众社员推举"；"条例每半年于雅集时修改"。可以看出，南社的组织相当松散。它不同于现代社会的政党或行业协会，没有明确的政治纲领，没有纪律约束，没有特定的职业限制，只是通过开雅集和编社刊（即后来的《南社丛刻》）聚合社员。"品行文学"中的传统文化因子，如提倡气节情义、举办文酒诗会、交流书画创作，它们所蕴含的价值观和审美情趣，内化为南社的凝聚力。反袁斗争中，易象、孔昭绶亡命东瀛，隐匿行踪，忽然收到国内寄来的《南社丛刻》，心生"烽火连三月，家书抵万金"之感。易象在《与柳亚子书》中写道"……坐中旧侣，则已有身为国殇者，电光火石，转眼皆空，苍狗白云，曷其有极！惟区区南社，一任风吹雨打，至今犹岿然独存……象虽阴室寒灰，亦愿从此献身南社，以赎前愆。"袁氏篡权，二次革命失败，柳亚子请陆子美绘《分湖旧隐图》并广征题咏。丘复书《题〈分湖旧隐图〉后》："……匈奴未灭，何以家为？国步多艰，恐难隐去……"杨杏佛作《贺新凉》："……乱世不容刘琨隐，……何处是扶危奇士？……肩此责，吾与子！"事业未竟，劝他打消退意。对牺牲或病故的南社社友，为他们申冤雪耻，写传记、编遗集，表彰纪念。在艰难处境中，社友们相濡以沫，使南社成为一座精神家园，并由此生成深厚的"南社情结"，以致南社停止活动后屡有恢复南社的提议，十多年后又有"南社纪念会"的成立。这种精神力量甚至延续到百年后的南社后裔。"承接旧文学的余绪，并发扬光大之"，南社巧用传统文化因子聚合社友的实践，很有中国特色，值得后人细加品味。

南社社刊《南社丛刻》使用文言语体，固守诗、词、文的旧文学藩篱。作为同盟会的"宣传部"，南社社友"欲凭文字播风潮"，创办报刊，发表政论文章，成绩卓著，但是《南社丛刻》却没有收录。南社社友反对庙堂文学，追求文学的社会效益，创作通俗文学，提倡戏剧改革，倡导《白话报》，创办《二十世纪大舞台》《小说月报》《小说林》《礼拜六》等大众文学期刊，出了一批有影响力的文学艺术工作者，但是《南社丛刻》也没有反映。南社社友兴办新学，对建立民国时期的教育体系做贡献，《南社丛刻》更没有提及。"启迪未来的革命思潮，为新文学开辟道路"，南社社刊遗憾地漏掉了这具有开拓性的一章。囿于陈规旧习，南社也有保守的一面。

南社是一个有特色的社团。首先是它的草根性，始终保持民间社团性质，不卷入政坛权力与利益的争夺，坚持独立性，坚持发出正义的声音。武昌首义后，在同盟会的主导下，攻克南京，成立中华民国临时政府，开始南北和议。对此，不少南社社友有异议，他们反对南北和议，反对优待清室，反对让权给袁世凯。南京参议院选举袁世凯为临时大总统的同一天，柳亚子在《天铎报》发文，号召"实行二次革命"。南北达成和议后，一度有把南社转变为政党之议；以南社籍的议员为主体，提出成立"南社北京通讯处"，想在议会中以南社的声名作号召。但是，上海总部没有认同。南社始终高举民主革命旗帜，成为袁世凯的眼中钉，"几几乎举吾社之良而尽歼之"，"然青磷碧血，抑足蔚为国光焉"，南社在社会上赢得声誉。虽然南社社友不乏参政者，但是南社的主体始终保持草根传统。1934年的一次聚会上，参加虎丘成立会的南社社友冯心侠说出了这种心情：我们从前参加同盟会，组织南社，为的是革命，决不是做大官。

南社有多元性。社友虽然持反清的共同立场，但是思想倾向并不一致，从事的职业五花八门，不乏奇人怪癖，在20世纪初的政治乱局中，从传统士子嬗变为现代知识分子，走出了各自沉浮跌宕的人生路。协助孙中山成立中国同盟会的马君武，后来栖身教育界创办广西大学；为经典歌曲《送别》作词的李叔同，变身佛教律宗的弘一法师；才华横溢天真率直的苏曼殊，给人吃花酒的"花和尚"形象；鸳鸯蝴蝶派名家陈蝶仙，也是无敌牌牙粉的创办人；民国政坛的风云人物、新民主主义革命中民主党派的领导人，现代社会的各行各业，都不乏南社社友的名字。南社中也有逆时势而动者，如汪精卫，以谋刺清摄政王成名，浮沉宦海，最后成了遗臭万年的汉奸。作为时代的弄潮儿，南社不只是文学的南社，它是中国近代社会变革中的共和知识分子的一个样本，包含了丰富多彩的人生故事，反映了中国现代知识分子的成长历程，是时代变迁中的一部"儒林外史"。

南社是动态的，随时代不断前进，不断分化。在依归中国同盟会的南社之后，有依归改组后的中国国民党的新南社。少年的柳亚子，以《新民丛报》为枕中鸿宝；青年的柳亚子，以"亚洲卢梭"自诩；中年的柳亚子，"独拜弥天马克思"——这个"拜"字用得到位，是信仰，不是领悟，"我的信仰进化论和共产论，与其说渊源于达尔文和马克思两大师，还不如说是渊源于《公平》《礼运》吧。"马克思研究资本主义的"病理"，当时中国没有资本主义的客观存在，因此也不能真正读懂马克

南社社友图像集

思的学说；晚年的柳亚子，"躬耕原不恋吴江"。时代深刻地改变着他们，他们在社会变革中搏击，演绎着"世界潮流浩浩荡荡，顺之者昌，逆之者亡"的历史规律，书写出一个个成功或失败的故事，时势造英雄与英雄造时势的故事。

马克思在《路易·波拿巴的雾月十八日》中指出："人们自己创造自己的历史，但是他们不是随心所欲的创造，并不是在他们自己选定的条件下创造，而是在直接碰到的、既定的、从过去承继下来的条件下创造。一切已死的先辈们的传统，像梦魇一样纠缠着活人的头脑。"马克思的这段话，对我们解读南社有指导意义：南社就是南社，是那个时代的产物，不必把它比附现代的社团组织，就从它所处的历史条件和社会环境出发，客观地了解它、研究它。南社处在中国由传统社会向现代社会转变的初始阶段，它的成员是黎明前黑暗中的探路者，南社历史中的各种曲折，南社社友的人生沉浮，也正是社会转型期中各种矛盾的映射。他们创造历史，他们也被历史创造。就像柳亚子在给友人信里说的："我们这般人，本来是在矛盾中生活，不矛盾又将怎样呢？"惟其有这种"成长中的烦恼"，南社故事才有趣味。

毫无疑问，南社曾经在中国近现代史中留下不可磨灭的印记。1927年北伐胜利后，南京国民政府中执掌五院（行政院、立法院、司法院、考试院、监察院）的头头脑脑，有南社社友的名字，机遇使这群共和知识分子走到中国政治舞台的中央。1936年夏美国记者埃德加·斯诺访问陕北苏区，毛泽东在窑洞里夜谈时告诉他："在长沙我第一次看到报纸——

《民立报》。这是一种民族革命的日报……《民立报》充满了动人的材料。这报是于右任主编的";"我在师范学校做了五年（注：1914年2月到1918年6月）学生……我在这里——湖南省立第一师范的生活中所遭遇的事情是很多的，而在这个时期中，我的政治观念开始形成。我也是在这里获得社会行动的初步经验的。"这期间，1916年9月至1918年9月，湖南第一师范的校长是孔昭绶。1951年，毛泽东在和周世钊叙旧时谈到：我们说一师是一所好学校，有一批好老师，还有孔校长，他是一位教育改革家，在第一师范两次任校长，为学校做出重要贡献。尤其是他第二次任校长时，改组学友会，开办工人夜校，创设学生志愿军，实行修学旅行等改革。我们从事学友会、新民学会、工人夜校、农村调查活动，都是孔校长这些教育改革后的产物。毛泽东提到的于右任和孔昭绶，都是南社社友。不只毛泽东、朱德、张闻天、叶剑英等都曾师从南社社友，蔡和森、蔡畅、向警予、周恩来、陈毅、聂荣臻等人去法国勤工俭学的留学中介、寰球中国学生会的主持人朱少屏，也是南社社友。历史的机缘，使南社社友成为近代中国文化传承和革命传承中的一个环节。

1987年5月，在苏州举行的以"柳亚子与南社及其时代"为主题的学术讨论会，使南社进入学术研究的领域。建立中国特色社会主义是一个很长的历史过程，是若干代中国仁人志士的一场接力赛跑。南社遇到的许多社会问题，如，对接西方文明与承续中华文明精华的认知，明析政治和文化的关系，推动社会转型中价值观的转变……也是正在深化改

南社社友图像集

革的当代中国人需要解答的课题，研究南社的现实意义就在此。2013年，习近平总书记在第十二届全国人大的讲话中指出："实现中国梦必须走中国道路，这就是中国特色社会主义道路。这条道路来之不易，它是在改革开放30多年的伟大实践中走出来的，是在中华人民共和国成立60多年的持续探索中走出来的，是在对近代以来170多年中华民族发展历程的深刻总结中走出来的，是在对中华民族5000多年悠久文明的传承中走出来的，具有深刻的历史渊源和广泛的现实基础。"这段讲话分解出四个历史时段，分别用"实践""探索""总结""传承"四个词语，说明四段历史在形成中国道路中的作用。活跃在辛亥革命前后的南社，是"170多年中华民族发展历程"中的一个亮点，回顾和总结南社的历程，有助于明确"中国梦"和"中国道路"的历史渊源，认清"中国梦"和"中国道路"的现实基础。总书记的论述，对南社研究有定向的作用。

南社研究需要扩大视野，开拓新的研究方向，引进新的研究方法。南社不仅是一个"文学团体"或"文化团体"，它是20世纪中国社会转型中的一种文化现象。既有最后一代传统士子嬗变为现代社会知识群体的故事，也有他们更新社会风气探寻新社会体系的故事——如前面提到的孔昭绶主持湖南第一师范时的创新型教育思想。讲述南社故事，应当按照唯物史观，不但说清本事，而且说明为什么会这样，解析人与社会的互动，辨析历史事件和人物行为的果与因；不但分析中国道路的历史渊源，还从南社活动和社友诉求中找到中国道路的内生基础。当前扩大改革开放、深化改革开放，同样需要思想解放作前导，需要新一轮的"放眼看世界"，需要发现外部世界中新的"精彩"点，"各美其美，美人之美，美美与共，天下大同"，使中国道路接通人类命运共同体。全球化不限于经济全球化，还需要各种文明交流融合形成的合力。文化交流是多层级的，既有国家级，也有地方级，更有民间的。不同层级有不同的关注点，可以看出不同的"精彩"点，进行不同的实践，走向共同的目标。从南社对东、西方文化的讨论，从南社社友文化交流的实践，总结经验教训，得到有益的启示。

重温南社故事，比较相隔百余年的两次变局，使人感慨，令人振奋。一百多年来，中华民族浴火重生，由一个任人宰割的弱者，经历站起来、强起来、富起来的过程，成为世界经济增长的主要贡献者。新中国成立前的三场革命，秀才造反（辛亥革命）、国民革命、工农革命；新中国成立后的《共同纲领》、三面红旗、"文化大革命"、改革开放，跌宕起伏，一路走来真不容易。

胡朴安评论说："南社之文章，一时代影响之反感者也。"南社人的社会责任是解构，改革开放，结束千年帝制；今人的世界责任是建构，继续改革开放，建构中国特色的现代化国家，建构人类命运共同体。展望未来，民族复兴的征途中，必然青出于蓝而胜于蓝。

2019 年 3 月于南京

目　录

南社社员

二　画

三　画

四　画

姓名后标 ※ 者，亦为新南社社员。

六 画

七　画

八 画

九　画

十 画

十一画

新南社社员

凡 例

一、本书是南社社友（包括新南社社友）图像的工具书。共收录人物 649 人，其中南社社友 600 人，新南社社友 49 人。

二、本书所录南社社友、新南社社友，依柳亚子著《南社纪略》附录一《南社社友姓氏录》、附录二《新南社社员录》。有漏载者，依据有关资料考订后增补；姓氏、籍贯等有不一致者，依据有关资料考订后改正，均不另作说明。

三、本书使用图像，一人一像。若一人有多像，一是优先采用人物年龄在南社、新南社活动时期，或靠近南社、新南社活动时期的；二是优先采用图像清晰度高一些的。若一人仅有一像，即使不符上述两条，一般亦予采用。

四、本书正文词目（人物姓名）按笔画、起笔顺序排列。笔画由少至多为序，笔画数相同的按起笔横（一）、竖（丨）、撇（丿）、点（丶）、折（一）的顺序，第一字相同时，看第二字，余类推。

五、人物姓名一般取其通行名。人物简介依次包括生卒年、字号、籍贯、入社时间和介绍人、主要事迹（或主要任职）、代表著述。

六、关于称谓的处理。机构名称，一般使用规范用法，如称"北京政府"，不称"北洋政府"；称"国民政府"，不称"国民党政府"。较长的名称使用简称，如使用"黄埔军校"代替"黄埔陆军军官学校"；使用"国民党中常委"代替"国民党中央执行委员会常务委员"。"1949年中华人民共和国成立后"简称"新中国成立后"。对伪政权加"伪"字注明，如"汪伪国民政府""伪满洲国"。新中国成立后的机构，一般使用习惯的简称，如"中国人民政治协商会议"，简称"政协"；"全国人民代表大会"，简称"全国人大"。

南社社员

　　丁三在（1880—1918）　一名三厄，字善之，号不识。浙江杭县（今杭州）人。1915年5月5日由柳亚子介绍入社，入社书编号500。丁氏兄弟先祖经商致富而成为晚清著名藏书家，建有八千卷楼。三在濡染家风，精于版本目录之学。1907年，适逢南洋劝业会举行大规模博览会，丁氏刻书陈列其间，获得高奖。辛亥革命，息影三竺六桥间，辑其父修甫《小槐簃吟稿》。1915年，在上海首创聚珍仿宋铅字体，《小槐簃吟稿》刊印成书后，聚珍仿宋铅字体遂风行于世。

　　丁上左（1878—1929）　字宜元，一字竹孙，号白丁。
浙江杭县（今杭州）人。丁三在兄。1915 年 5 月 20 日由柳
亚子介绍入社，入社书编号 519。

　　丁以布（1891—？）　字宣之，一字仙芝，号展庵。浙江杭县（今杭州）人。丁三在弟。1915年5月5日由柳亚子介绍入社，入社书编号501。曾以国子监典籍之职，重修《杭州府志》。著有《曲剧丛话》。

　　丁立中（1866—1920）　字和甫，号禾庐。浙江杭县（今杭州）人。丁三在叔。藏书家丁丙之子。1917年5月1日由王海帆介绍入社，入社书编号884。清末举人。1907年因经商失败，亏欠公款，为防止丁氏八千卷楼藏书重蹈陆氏皕宋楼藏书流落异国后尘，以七万余元将全部藏书售存于南京江南图书馆。民国初在上海创办《民声日报》，出任总干事。辑有《丁氏八千卷书目》，撰有《松生府君年谱》等。

　　于定（1893—?） 字秋墨，别署秋穆。江苏金坛人。
1914年4月14日由朱少屏、叶楚伧、朱宗良介绍入社，入
社书编号407。曾任《民国日报》主笔、青浦县县长、《西京
日报》社社长。

　　于右任（1879—1964）　原名伯循，字骚心。陕西三原人。未填写入社书，编号 65。清末举人。曾任商州中学堂监督。因讥刺时政遭拿办，逃亡上海，入震旦公学。1906 年赴日本，加入中国同盟会。归国后在上海创刊《民呼》《民吁》《民立》三报。1922 年与人创办上海大学，任校长。1927 年初，任国民军联军驻陕总司令。此后，任国民政府常委、军委常委、审计院院长。1931 年后长期担任监察院院长。于氏善诗词外，又工书行草，创制《标准草书千字文》。

  于均生（1887—1949） 原名庭樟，字均生。山东潍县（今潍坊）人。1918年1月3日由陈家鼎、景定成介绍入社，入社书编号1036。早年赴日本留学，入帝国大学习政治经济学，加入中国同盟会。1906年任《晨钟》周刊编辑。1907年回国，在家乡创办于氏私立两级小学堂，自任校长。1912年任中国同盟会潍县分会副会长。后被选为国会众议院议员。1918年被孙中山任命为大元帅府参议。1925年后回乡，改走实业救国之路，于1931年建成大华染厂，任董事长。

于洪起（1883—1940）　字觉范，号范亭。山东栖霞人。
1918 年 10 月由陈家鼎介绍入社，入社书编号 1035。1902
年入京师大学堂，毕业后任山东高等学堂、优级师范选科学
堂教习，期间加入中国同盟会。辛亥革命爆发，往烟台密谋
响应。1912 年当选国会众议院议员。1915 年在山东协助策
动讨袁。1917 年 9 月任护法军政府大元帅府参议。1928 年
被聘任江苏省政府秘书兼科长。1931 年 2 月任国民政府监察
院监察委员。抗战全面爆发后随政府内迁，居重庆。

　　马卓（1885—1945）　字惕冰。湖南醴陵人。1916 年 8 月 10 日由傅熊湘、方荣杲介绍入社，入社书编号 665。历任《长沙日报》、武汉《民国日报》、湖南《国民日报》《通俗时报》编辑。1924 年前后任教湖南省第一师范学校。

　　马小进（1889—1951）　名骏声，字小进，号退之。广东台山人。1909年由蔡守介绍入社，入社书编号55。曾入广东法政学堂，毕业于香港圣士提反高等学堂。又赴美留学，先后入哥伦比亚大学及纽约大学，期间加入中国同盟会。1913年当选众议院议员。1914年后历任北京总统府秘书、北京政府财政部秘书、税务处帮办。1917年任广东大元帅府参事，广东督军署参议，护法国会众议院议员。晚年以教书卖文为生，曾任广州大学文学院院长。

　　马君武（1881—1940）　原名和，字贵公，号君武。广
西桂林人。1912年3月20日由叶楚伧、柳亚子、李葭荣
介绍入社，入社书编号235。留学日本，参加中国同盟会。
1906年参与创办中国公学。1912年任南京临时政府实业部
次长。1917年参加护法运动。1921年任非常大总统府秘书
长。后任广西大学校长等职。曾先后旅日、法、德等国十五
载，研究化工、农科等学科。著有《马君武诗稿》《德华字
典》等。今有莫世祥辑《马君武集》。

　　马叙伦（1885—1970）　字夷初。浙江杭县（今杭州）人。1910年4月入社，未填写入社书，编号14。早年加入中国同盟会，曾任《国粹学报》编辑。辛亥革命后，历任上海劳动大学校长，清华大学、北京大学教授。抗战时期从事抗日活动。1946年发起组织民主促进会。新中国成立后，历任中央人民政府委员、教育部部长、全国政协副主席等职，并任中国民主促进会主席和中国民主同盟中央副主席。著有《天马山房丛著》《马叙伦学术论文集》《我在六十岁以前》等。

　　王　灿（1889—1933）　字承粲，号粲君。江苏松江（今属上海）人。1909 年由高旭介绍入社，入社书编号 27。自幼工女红，通书史，肄业上海爱国女校及中国女子体操学校。1909 年与姚光结婚，伉俪情深。姚光常参与地方事务，又疏于治生，往往不顾床头金尽。王灿辄从旁赞之，略无吝色，而操持家内之事，不厌烦琐，条理井然。1933 年末以难产亡故，时年仅 45 岁。著有诗集《浮梅草》（与姚光合作）。译有古城贞吉原（日）著《五千年文字史》。

　　王　竞（1884—约1949）　字啸苏，一字笑疏。湖南长沙人。1915 年 3 月 10 日由龚尔位、傅熊湘介绍入社，入社书编号 487。

　　王　麟（1884—?）　号笃朋。湖南醴陵人。1915 年 5 月
由刘谦、傅熊湘介绍入社，入社书编号 533。

　　王大桢（1893—1946）　字芄生，号曰叟。湖南醴陵人。1916 年 9 月 18 日由刘鹏年、傅熊湘介绍入社，入社书编号 690。1909 年秋加入中国同盟会。武昌起义中投效革命军，随黄兴守汉阳。1916 年留学日本。1921 年赴美，任华盛顿会议中国代表团谘议。1925 年再赴日本考察。1926 年北伐时归国。"九一八"事变后，任东北外交研究委员会宣传主任，兼国联调查团中国代表处专门委员。"八一三"事变后，任交通部常务次长，约定开辟滇缅公路。

王文熙（1887—1929前） 字省明。浙江嘉善人。1910年4月由柳亚子介绍入社，入社书编号186。著见《南社丛刻》。

　　王立佛（1892—?）　字石痴。江苏丹阳人。1913 年 11
月 17 日由朱少屏、姜可生、苏曼殊介绍入社，入社书编
号 388。

　　王有兰（1887—1967）　号梦迪。江西兴国人。1916年由雷铁厓介绍入社，入社书编号630。江西高等学堂毕业，后赴日本中央大学法科留学。中国同盟会会员。1912年任江西省内务司司长。1913年当选国会众议院议员。后任江西省第四区、第一区行政督察专员，江西省临时参议会副议长。1949年赴香港，旋去台湾。

王时杰（1894—1916）　字道民。江西九江人。1915年9月9日由刘鹏年介绍入社，入社书编号560。早年毕业于湖北陆军速成学堂，充营部司书。加入中国同盟会、共进会。1911年武昌起义，任独立辎重营督战官。汉阳战役时为甘绩熙敢死队成员之一。民国后，曾任南漳县县长及竹山田粮处处长。著有《卧云室遗诗》。

　　王均卿（1865—1935）　字文濡，别署新旧废物。浙江吴兴（今湖州）人。1915年8月15日由胡寄尘介绍入社，入社书编号555。清末翰林。先后任进步书局、国学扶轮社、中华书局和文明书局编辑。1914年曾在家乡与徐一冰，主编出版我国体育界最早的杂志《体育杂志》。编有《笔记小说大观》《明清八大家文钞》《续古文辞类纂》等。

王钝根（1888—1951） 原名晦，字耕培，号钝根，别署永甲。江苏青浦（今属上海）人。1916 年 6 月 29 日由朱少屏介绍入社，入社书编号 634。早期在青浦创办《自治旬报》。后在上海任《申报·自由谈》《自由杂志》《游戏杂志》及《礼拜六》等刊编辑。所编刊物多载旧派小说，文学界称之为鸳鸯蝴蝶派，又称为礼拜六派。著有《工人之妻》《劫后缘》等。

　　王钟麒（1880—1914）　字毓仁，号无生，别号天僇。安徽歙县人。1910 年 8 月由朱少屏、柳亚子介绍入社，入社书编号 99。久客沪上，笔耕糊口。历主《神州日报》《民呼报》《天铎报》笔政。后因在《神州日报》撰写社论，触犯租界西人，避居扬州。其体质素弱，以用心过劳，患咯血疾，病故时年仅 34 岁。著述宏富，有《中国历代小说史论》《血泪痕传奇》《孤臣碧血记》《述庵秘录》《轩亭复活记》等。

王程之（1884—?） 字幼度。浙江慈溪人。1911 年 12 月 20 日由陈布雷、邹亚云、俞剑华、沈家康、陈陶遗、朱增濬介绍入社，入社书编号 202。

　　王葆桢（1872—1924）　字漱岩。浙江黄岩人。1912年3月20日由黄宾虹、蔡守介绍入社，入社书编号237。善诗书，精篆刻。早年入黄岩东瓯书院、杭州紫阳书院求学，后在安徽等地办学，任编检等职。辛亥革命时参加浙江起义，曾为浙江都督朱瑞幕僚。民国初，发起成立中华救国储金浙江分团事务所，并主《之江日报》副刊笔政。著有《南洋劝业会杂事诗三十首》。

　　王植善（1871—1952）　字培孙，一字培荪。上海人。
1912 年 10 月 20 日由朱少屏介绍入社，入社书编号 343。南
洋公学出身。1904 年以其叔父所办之育材私塾，扩建为南洋
中学，聘丁文江等任教务，自任校长。1909 年赴日考察，加
入中国同盟会。1909 年，由大东门迁至新址日晖桥，创设校
图书馆（馆藏以野史、明末人诗文集及地方志居多，后者尤
甚）。二十年代，添办南洋小学，建立科学馆，又曾办利川书
店。辑校注释有《南来堂诗集》。

　　王锡民（1889—1977）　字锡名。广东嘉应州（今梅州）人。1912年3月13日由叶楚伧、朱少屏、柳亚子介绍入社，入社书编号231。早年东游日本，后在香港经商。大革命时期，曾援救因广州起义失败而遁居香港的革命者。

　　王漱芳（1891—1916）　字梦仙。江苏丹徒人。1917 年
7 月 1 日由姜可生、王立佛、刘国瑛介绍入社，入社书编号
928。其夫赵逸贤，字朗斋，号念梦，亦南社社员，为辛亥
革命烈士赵声从弟。漱芳擅诗才，有句："碧水有情环岸曲，
青山无恙耸天空"，一时传为佳什。著有《梦仙遗稿》。

　　王毓岱（1849—1917）　字海帆，号少舫。浙江余杭（今属杭州）人。1915年5月14日由丁三在介绍入社，入社书编号495。早年游幕名宦，工于笔札。足迹南游榕垣，北涉莱水。后流寓吴中沧浪亭畔，诗酒啸傲。再后处馆杭州八千卷楼丁和甫家。晚年退老倦游，仍客丁氏九思居，与和甫及诸子唱酬为乐。南社临时雅集西湖西泠印社，毓岱参与其盛，童颜鹤发，诗兴犹豪。

王德钟（1897—1927）　字玄穆，一字大觉，号幻花。江苏青浦（今属上海）人。1914年4月1日由陈去病、叶楚伧介绍入社，入社书编号402。先祖辈均擅文学，德钟曾辑刊《青箱集》。平日喜饮，醉后狂态百出，为酒社中之酒龙。袁氏当国，草《讨袁檄文》，载《南社丛刻》，草檄后又自题一诗："未得荷戈事北征，犹能草檄驰幽并。一千一百十余字，字字苍生痛哭声。"著有《风雨闭门斋诗稿》《留都游草》《乡居百绝》等。今有王之泰、丁俭辑《南社王大觉诗文集》。

　　王德锜（1901—1984）　字振威，号秋厓。江苏青浦（今属上海）人。王德钟弟。1916 年 12 月 25 日由柳亚子介绍入社，入社书编号 773。9 岁移居周庄，与兄德钟就读沈氏小学。14 岁就读吴江中学。1919 年五四运动爆发，上街游行宣传。是年入苏州东吴大学，1920 年转入上海正风文学院。江浙战争爆发，参与筹建红十字会周庄分会，被推为理事。1930 年秋，任国民政府文官处第二科乙等书记官。1937 年国府西迁，停职回周庄，誓死不作汉奸。

王蕴章（1884—1942） 字莼农，号西神。江苏无锡人。1910 年由柳亚子介绍入社，入社书编号 88。家学渊源，16 岁中举。治辞章之学，又通英文，早年即任学校英文教师。清季，应聘上海商务印书馆，编辑《小说月报》，兼编《妇女杂志》，历时十年。后一度应沈缦云之邀游历南洋，留下《南洋竹枝词》一百余首。归后历任上海沪江大学、南方大学、暨南大学国文教授。因不事家人生产，又染嗜好，晚境艰困。著有《人间可哀集》《西神小说集》《王蕴章诗文钞》等。

公羊寿（1889—1940） 原名公羊寿文，字石年。江苏常熟人。1913 年 12 月由朱少屏介绍入社，入社书编号 392。辛亥革命时，为上海光复积极奔走。1913 年被推为中华民国学生会副会长。《南社丛刻》常有其诗文发表。

公孙长子（1881—1942） 原名余切，字培初，化名公孙长子。四川内江人。未填写入社书，编号 60。1901 年就读川南经纬学堂。1905 年秘密组织大同军举行反清武装起义。1906 年加入中国同盟会。1911 年参加山西晋军起义，光复太原，被推举为民军参谋长。1915 年后，回川参加熊克武领导的讨袁护国斗争。1931 年，在任新编十九路军副师长期间，因参加对红军第三次"围剿"失败后退役。工书法，尤善"双钩"。著有《粉红城诗集》《马蹄笺》《黄龙戍》。

　　仇　亮（1879—1915）　原名式匡，字蕴存，号冥鸿。湖南湘阴人。1912 年 4 月 18 日由宁调元介绍入社，入社书编号 258。1903 年入日本士官学校留学。先后编辑《二十世纪支那》等刊物。1905 年参加中国同盟会，任湖南分会会长。1909 年回国，先任职于清政府军谘府，后为山西督练公所督练官。发动山西新军起义，击毙巡抚陆钟琦。南京临时政府成立后，任陆军部军衔司司长。后往北京主办《民主报》，反对袁世凯独裁。1915 年被袁逮捕，旋遇害。

　　方声涛（1885—1934）　字韵松。福建侯官（今闽侯）人。1912 年 10 月 21 日由陈其美、朱少屏介绍入社，入社书编号 325。早年留学日本，加入中国同盟会。1913 年，随李烈钧在江西湖口起兵讨袁。失败后逃亡日本。1915 年入滇，再谋讨袁，任护国军第二军第二梯团长，随李烈钧入粤驱逐龙济光。1917 年任大元帅府卫戍总司令。1927 年 1 月北伐军克复福建，被举为代理福建临时政治分会主席。7 月后任福建省政府委员兼军事厅长。1930 年代理省政府主席。

　　方荣杲（1885—1956）　字旭芝，号艮崖。湖南湘潭人。
1912年8月29日由傅熊湘、黄钧、郑泽介绍入社，入社书
编号295。著有《飞鸿影日记》。

　　方培良（1882—？）　字秋士。安徽寿县人。1916 年 5
月 17 日由胡朴安介绍入社，入社书编号 602。著有《毛诗假
借字考》等。

　　方赞修（1879—1940）　字述斋。浙江淳安人。1916
年7月12日由邵瑞彭介绍入社，入社书编号638。1909年
加入中国同盟会。1912年任浙江省临时参议会议员。1917
年任浙江省第九中学校长。1921年为浙江省制宪议会议
员。1923年创办峡石师范讲习所。1924年任浙江省府警
务秘书。1927年任上虞县长。1929年主持创办淳安中学。
著有《饮渌山房文集》《医验录存》《勘灾杂咏》《先德见闻
录》等。

　　文　斌（1892—?）　字壮军。湖南醴陵人。1912年
10月26日由傅熊湘、黄钧、龚尔位介绍入社，入社书编
号353。

　　文　斐（1875—1943）　字延年，号牧希，别号幻盦。湖南醴陵人。1912 年 8 月 29 日由傅熊湘、黄钧、郑泽介绍入社，入社书编号 296。1905 年东渡日本，加入中国同盟会。1908 年前往长沙，秘密成立同盟会湖南分会。1911 年 10 月，积极参与长沙举义。二次革命失败后，避走日本，加入中华革命党。1915 年从日本潜归，被捕入狱，袁世凯死后获释。不久辞职归里，被推为醴陵县救济院院长。抗战爆发，被聘为省临时参议员，力主抗日。能诗工书，著有《幻园遗集》。

  文启鑫（1877—1925） 字湘芷。湖南醴陵人。1916 年
7 月 15 日由郑泽、刘谦介绍入社，入社书编号 651。早年读
书于湖南师范馆，后毕业于京师大学堂，分发邮传部任用。
历任湖南第一师范、长郡公学、含光女校校长，湖南高等师
范学校教务长，湖南教育司社会科长，湖南省公署教育科长，
安仁县知事。张敬尧祸湘时，和傅熊湘等收集报章所载，汇
编成《湘灾记略》《醴陵兵燹记略》等书，为驱张运动张目。

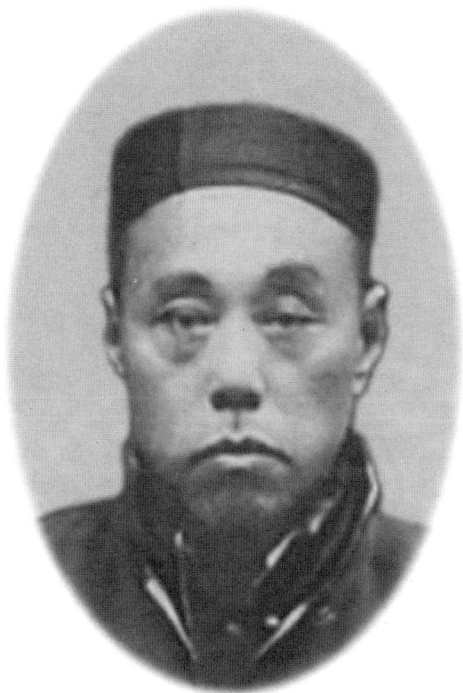

尹　爟（1860—1935）　字笛云。广东顺德人。1916 年
9 月 24 日由蔡守介绍入社，入社书编号 695。早年就读广东
讲武学堂，后弃武从文，以美术教育为业，与温其球、潘达
微等在广州创办撷芳美术馆。辛亥革命后，在香港开办了当
地唯一的女子学校，自任校长。好游桂林山水，擅画山水，
亦能作人物、花鸟。早年撰文发表于《平民画报》等刊。

　　孔庆莱（1895—？）　号蔼如。浙江萧山人。1910 年 8 月由沈嘉康、朱增澍介绍入社，入社书编号 73。1902 年中秀才。后留学日本，入庆应大学，得化学博士学位。归国后，受聘于上海商务印书馆。著有《植物学大辞典》《化学集成》等。

　　孔昭绶（1876—1929）　字攘夷，号竞存。湖南浏阳人。1912 年 9 月由傅熊湘、宋痴萍、龚尔位介绍入社，入社书编号 334。1913 年 1 月，接任湖南第一师范校长，因竭力反对袁世凯，被袁亲信汤芗铭所忌恨，1914 年 1 月东渡日本避难，后进东京政法大学学习。1916 年 6 月袁世凯毙命，9 月再度被谭延闿任命为湖南一师校长。后当选为湖南省议会议员、副议长。又历任北伐战地政务视察员、第二集团军总司令部少将参谋、南京国民政府考试院考试制度史编纂等职。

邓子彭（？—1929 前） 字子彭。广东南海人。1916 年
12 月 3 日由蔡守、李孟哲、胡熊锷介绍入社，入社书编号
744。中国同盟会会员。1908 年任《广州国民日报》编辑、
撰述。辛亥前夜，创办人卢谔生被通缉潜逃，该报由非盟员
之李少庭等接办，邓仍为主笔之一，嗣后鼓吹革命愈烈。二
次革命失败后逃往香港，任职《真报》。1916 年任广东《中
华新报》记者。

　　邓尔雅（1883—1954）　原名溥，字尔雅，改名万岁。广东东莞人，生于江西。1914年由蔡守介绍入社，入社书编号483。幼承家学，习写篆书，兼研小学篆刻。回粤后，得见黄士陵篆刻，极为钦佩，由是专心治印。1905年留学日本，专攻文学、美术，两年后归广州，任教务之余，努力钻研金石、书法。刻印师法秦汉，对邓石如、黄士陵两家亦能融会贯通。于绘事、诗词亦楚楚有致。著有《漪竹园诗》《邓斋印谱》《篆刻卮言》，与李根源合著《曹溪南华寺史略》。

邓家仁（1868—？） 字君寿。广东三水人。1917 年 1 月 9 日由李孟哲、蔡守介绍入社，入社书编号 786。

  邓家彦（1887—1966） 字孟硕。广西桂林人。1912年
1月13日由柳亚子、雷铁厓、马君武介绍入社，入社书编号
208。早岁肆业四川高等学堂等校，留学日本、美国。加入
中国同盟会。辛亥革命后任临时参议院议员，创办《中华民
报》。参加讨袁及护法运动。后任国民党广西支部长、候补中
央执行委员等职。抗战期间任国防最高委员会常委。1947年
赴美。1952年至台湾，任"国策顾问"等职。病逝于台北。
著有《一枝庐诗钞》《民族语原》等。

邓章兴（1881—？） 字绍穆。广东东莞人。1916 年
12 月 10 日由蔡守、冯智慧、胡熊锷介绍入社，入社书编
号 749。

邓寄芳（1884—？）　字芰郎。广东东莞人。1916年8
月6日由孙璞、蔡守介绍入社，入社书编号660。著见辛亥
革命前后《留日女学会杂志》《民权素》等刊。

邓树南（1877—1925） 一名树楠。广东梅县（今梅州）人。1912年5月9日由王锡民、叶楚伧、姚雨平介绍入社，入社书编号269。

　　古　直（1885—1959）　字公愚，号孤生。广东嘉应州（今梅州）人。1911年1月21日由叶楚伧介绍入社，入社书编号108。早年加入中国同盟会，投身辛亥革命和讨袁护法。创办梅县梅州中学、高要初级师范学校等近十所学校及文学馆。一度隐居庐山，研究国学，专心著述。后被聘为国立广东大学（后改名中山大学）教授、中文系主任。在学术方面，尤精于汉魏六朝文学研究。著有《汪容甫文笺》《诸葛武侯年谱》《曹子建诗笺》《陶靖节年岁考证》等。

　　石　瑛（1878—1943）　字蘅青。湖北阳新人。1913 年由田桐、高旭介绍入社，入社书编号 382。1903 年中举，选送留法习海军。后转学英国，加入中国同盟会。武昌起义后，参加临时政府工作，任禁烟总办、同盟会湖北支部长。后再赴英国深造，专习采矿冶金。1919 年回国，任北京大学教授。孙中山逝世后，参与西山会议派活动。1927 年后，历任上海兵工厂厂长、湖北建设厅厅长等职。1932 年任南京市长。抗战全面爆发后，再任湖北建设厅厅长、省临时参议会议长。

　　平茂玉（1895—1964）　字剑南，号琢庵。江苏吴江人。1917 年 11 月 1 日由凌景坚、朱剑芒介绍入社，入社书编号 991。黎里小学第一届高小毕业生，后升入吴江乙级师范学校。1918 年后，柳亚子在家乡狂胪乡邦文献，常常请其抄录副本，还帮助誊清不少乡贤传记草稿。同时，加入范烟桥组织的同南社，常有诗文刊载于社刊。1927 年后，先后任教于九成湾小学、葫芦兜小学。抗战时期，黎里沦陷，有人拉其参加维持会，坚决拒绝，在家中设三余私塾，苦度光阴。

平智础（1888—?） 字复苏。浙江绍兴人。1913 年
11 月 9 日由朱少屏、姜可生、柳亚子介绍入社，入社书编
号 387。

　　卢　铸（1889—？）　字可铸，号滇生。江西南康人。
1916 年 10 月 16 日由李根源介绍入社，入社书编号 713。早
年曾在广州大元帅府任文书。1927 年任江西省政府秘书。
1931 年任国民政府参谋本部秘书。1933 年 7 月至 1937 年
11 月任湖北省政府委员兼秘书长。期间 1936 年 10 月至 12
月代理湖北省政府主席。抗日战争中曾被聘为第一届国民参
政会参政员。1947 年 11 月任立法院立法委员。1949 年 4 月
任浙江省政府委员兼秘书长。

　　卢博郎（1880—？）　一作博浪，原名祖燊，字百朋。广东新会人。中国同盟会会员。1917 年 2 月 5 日由李孟哲、蔡守介绍入社，入社书编号 798。1909 年任广州《南越报》编辑。1910 年任《平民日报》主编，与卢谔生、李孟哲创办《天民报》，又在香港创办《新汉日报》。1916 年任广州《时敏报》编辑。1923 年任广州《新国华报》编辑。

申　柽（1879—1922）　原名圭植，字晼观。韩国忠清北道人。南社唯一的外籍社员。1914年8月24日由朱少屏、陈世宜、胡朴安介绍入社，入社书编号450。早年亡命来华，1911年在上海、南京等地参加辛亥革命，加入中国同盟会和环球中国学生会。1912年与陈其美、戴季陶等组织新亚同济社。1913年创办博达学院，创刊《震坛》。1919年被大韩民国临时政府任命为法务总长，并被选为临时议政院副议长。1921年又被任命为外务总长兼代国务总理。

叶玉森（1880—1933） 字镔虹，号茳渔、中泠。江苏丹徒人。满族。1912 年 9 月 3 日由姜若、张素介绍入社，入社书编号 300。1909 年底赴日本早稻田大学、明治大学学习法律，期间参加兴中会、中国同盟会。后任苏州高等法院审判厅推事、检察庭庭长。又曾任上海交通银行总管理处秘书长（一作秘书）。著有《春冰词》《桃渡词》《樱海词》《戊午春词》《说契》《殷契钩沉》《殷虚书契前后编集释》《𡘙契枝谭》《铁云藏龟拾遗》附考释等。

　　叶夏声（1888—1956）　字竞生，号梦生。广东番禺人。1916年5月21日由陈家鼎介绍入社，入社书编号608。中国同盟会会员。早年曾任香港《广东日报》《中国日报》通讯记者。后留学日本法政大学。归国后任广东法政学堂、两广方言学堂、高等警察学堂教授。辛亥革命后，任广东都督府教育部长、司法部长、南京临时政府秘书，众议院议员。1936年任国民党立法委员。抗战后开办律师事务所。1949年去香港。著有《革命救亡论》《叶夏声抗战言论集》等。

　　叶振谟（1885—1937 前）　字典任。安徽歙县人。1910年 10 月 30 日由朱少屏介绍入社，入社书编号 86。1903 年从上海南洋中学毕业，后任上海浦东中学校长。曾与冯竟任同创苏苏女学于苏州。

　　叶敬常（1886—？）　字梦庐，号镜民。广东顺德人。
1916 年 12 月 1 日由蔡守、胡熊锷介绍入社，入社书编号
739。早年入两广方言高等学堂，得朱执信、马叙伦等名师
指导，西学中文均根底深厚。1916 年后，先后在汕头、平南、
厦门等地从事盐务和税务工作。在此期间，先后加入南社和
南社湘集，留下不少纪实性和直抒胸臆的诗篇。1933 年在闽
中任职，与同社蔡哲夫等加入章太炎在苏州创办的国学会。
著有《梦庐吟草》《客闽吟稿》《冬日趋庭图题辞汇录》。

　　叶楚伧（1887—1946）　原名宗源，字卓书，号楚伧。
江苏吴县周庄（今属昆山）人。1909年由陈去病介绍入社，
入社书编号32。曾主持汕头《中华新报》，加入中国同盟会。
武昌起义后，参加北伐军。南北议和后，在上海创办《太平
洋报》，后又与于右任等创办《民立报》《民呼报》《民国日报》
等。1924年当选国民党第一届中执委，任宣传部部长。后历
任江苏省政府委员兼主席等职。抗战胜利后，任苏浙皖宣慰
使，病逝上海。今有叶元辑《叶楚伧诗文集》行世。

　　　　　　　　五画　南社社友图像集

　　田　侨〔1902—1960〕　字东里。湖北蕲春人。未填写入社书，编号64。自小聪慧，随祖父在青灯黄卷中初获启蒙。1919年起师从黄侃，精通文辞，尤娴书法。1927年参加北伐军，任中校秘书。1932年进入国民政府司法院。1937年11月，随国民政府机关西迁。抗战胜利，1948年6月司法院改组，提出辞职。新中国成立后，其父田桐同窗好友董必武建议其从事文史工作，因多病婉言谢绝。著有诗集《又玄律存》。

　　田　桐（1879—1930）　字梓琴，号恨海。湖北蕲春人。
1910 年 11 月由朱少屏介绍入社，入社书编号 85。1903 年
留学日本，加入中国同盟会，与柳亚子、高旭等创办《复
报》。武昌起义后赴鄂，任战时总司令部秘书长。1912 年任
南京临时政府参议员。宋教仁遇刺后，主张武力讨袁，后逃
亡日本，加入中华革命党，任中华革命军湖北总司令。1928
年后，历任国民政府委员，党史编纂委员等职。今有王杰、
张金超主编《田桐集》行世。

　　田名瑜（1892—1981）　又名名誉，字个石。湖南凤凰人。1917 年 3 月 3 日由傅熊湘介绍入社，入社书编号 831。中国同盟会会员。1910 年入长沙湖南高等学堂。1913 年在常德办《沅湘日报》。1917 年曾任职于湖南慈利县知事公署。1951 年受聘为中央文史馆馆员。编有《残杂诗稿》。

　　田兴奎（1876—1958）　字星六，号晚秋。湖南凤凰人。1917 年 3 月 3 日由傅熊湘介绍入社，入社书编号 830。少年时习旧学及诸子百家，后转入新学，曾就读常德西路师范学堂。旋留学日本，加入中国同盟会，与黄兴、秋瑾、程潜等相过从。回国后，参与武昌起义和讨袁护法活动。北伐时，参与湖北戎幕，出征荆襄。征途坎坷，眼看国事非书生辈所能逆挽，便隐退还乡，投身桑梓的文化教育，主持凤凰简易师范学校，名重湘西。著有《晚秋堂诗集》《蔗香馆词》等。

　　白　炎〔1876—?〕　字卧羲，号中磊。河北宛平人。1914 年 4 月由叶楚伧、柳亚子、陈世宜介绍入社，入社书编号 410。

　　白逾桓（1875—1935）　字楚湘。湖北天门人。1913 年由田桐、高旭介绍入社，入社书编号 378。1904 年留学日本，加入中国同盟会。1907 年赴东北，设立同盟会辽东支部，并谋起义。1911 年 3 月与程家柽在北京创办《国风日报》，任社长兼总编。武昌起义后任湖北都督府参议。后当选国会众议院议员。二次革命时与居正、田桐等据守吴淞要塞，反对袁世凯。失败后逃亡日本。1927 年在日本主办《中华民国》杂志。1935 年在天津任《振报》主笔时，遭国民党特务暗杀。

丘　复（1874—1950）　字荷公。福建上杭人。1911年
6月12日由叶楚伧介绍入社，入社书编号160。早年中举。
辛亥革命后，历任福建省临时议会议员、福建省议会议员及
全国参议院议员（以不耻曹锟贿选，未往赴任）。一生致力于
兴办新学，1905年创办上杭县师范传习所，次年秋在故里创
办立本学堂，1912年在县城创办县立中学，1925年受聘为
广东嘉应大学教授，1942年在蓝溪创办私立明强初级中学。
今有丘其宪点校《丘复集》行世。

丘志贞（1891—1943在世） 字梅白。浙江诸暨人。1914年9月由李叔同介绍入社，入社书编号460。1915年毕业于浙江高等师范学校图画手工专修科，后与李叔同等在杭州创立乐石社。撰有《弘一法师印存跋》。

　　丘望崟（1879—？）　字槛玉。浙江龙游人。1910 年 4
月由陈去病介绍入社，入社书编号 167。

　　丘翊华（1877—1971）　原名日华，字海山，号潜庐。福建上杭人。1911 年 12 月 23 日由丘复、叶楚伧、柳亚子介绍入社，入社书编号 203。早年就读岳麓书院，工于诗，被时人称为岳麓诗人。34 岁由优贡征举孝廉方正，朝考一等，成为前清末科举人。辛亥革命后，供职浙江台州军政分府。1928 年，曾任南京文化大学教授。抗战期间，辗转于湘、桂、黔、川、陕间，后定居福州。新中国成立后，受聘为福建省文史馆馆长。著有《福寿宝鉴》《潜庐文存诗存》等。

　　包　一（1871—1956）　字德嘉，号千谷。福建上杭人。
1917年5月15日由丘复介绍入社，入社书编号896。清优
廪生，一生教书为业。与同社丘复友善。曾参与编纂《上杭
县志》《杭川新风雅集》。独立搜编《杭川文钞》。自编《东溪
草庐诗钞》《东溪草庐文钞》。今有包应森、包应钦编校《包
千谷诗文选》行世。

　　包天笑（1876—1973）　原名清柱，改名公毅，笔名天笑。江苏吴县（今苏州）人。1910 年 8 月由朱少屏介绍入社，入社书编号 104。早年与祝伯荫、杨紫骢等组织励学社，主编《苏州白话报》，与陈冷血合编《小说时报》。先后任职于广智书局编译所、《时报》，以及小说林编译所等，并在苏州吴中公学、上海城东女校等校执教。1912 年后，任职商务印书馆编译所，编辑《妇女时报》，主编《小说丛报》《小说大观》。抗战胜利，由沪移居台湾，后转往香港。

　　宁调元（1883—1913）　字仙霞，号太一。湖南醴陵人。
1911 年 6 月 19 日由高旭介绍入社，入社书编号 158。肄业
长沙明德学堂，为华兴会会员。1905 年留学日本，参加中国
同盟会。参与创办中国公学，在沪主编《洞庭波》。后因策应
萍浏醴起义被捕，囚禁长沙狱中三年。其间，以书信往返，
参与筹建南社。1910 年赴京，主编《帝国日报》。武昌起义，
襄黎元洪、谭延闿戎幕。1913 年 9 月 25 日在武昌被黎元洪
杀害。今有杨天石、曾景忠辑《宁调元集》行世。

　　冯　平（1887—1950）　字心侠，号复苏。江苏太仓人。
1909 年 11 月由柳亚子介绍入社，入社书编号 33。南社虎丘
首次雅集十七位参与者之一。早年东渡日本，加入中国同盟
会。武昌起义爆发，策动太仓光复。1912 年供职上海《天铎
报》，撰文反袁。1915 年与同社顾震生创办《大江报》，声讨
袁氏罪行，被迫第二次流亡日本。1924 年后在上海大学执教。
1926 年北伐时曾任国民革命军师部、军部秘书等职。抗战胜
利后，任南京国史馆编纂。

　　冯　泰（1883—？）　字余生，号玙声。江苏金坛人。
1910 年由朱少屏介绍入社，入社书编号 70。曾任汕头岭东
商业中学堂教员，后任澄海县民政长。

　　冯天柱（1884—？）　字一擎。湖南零陵人。1916 年 10 月 15 日由周詠介绍入社，入社书编号 710。早年入长沙新军，加入兴中会、中国同盟会。1910 年参与发动萍浏醴起义。二次革命失败后，赴南洋筹款从事倒袁活动。1919 年任湖南省长公署总务科长、政务科长，后外放新宁县知事。北伐时任湖南省民政厅长。抗战胜利后，先后出任岳云中学、船山农业学校校长，创办文德中学、耀祥书院。1949 年 8 月，与唐生智等发出通电，宣布和平起义。

　　冯自由（1882—1958）　原名懋龙，字建华，改名自由。广东南海人。未填写入社书，编号50。生于日本，1895年加入兴中会。1905年参加同盟会成立会，旋赴香港组织分会，任书记兼《中国日报》记者。次年改组，任社长兼总编辑、同盟会香港分会会长，多次与谋武装起义。武昌起义后任南京总统府秘书。1914年在日本加入中华革命党，任党务部副部长。孙中山逝世后，反对国共合作。1948年迁居香港，后定居台湾。著有《革命逸史》等。

　　冯春航（1888—1941）　字旭初，号春航。江苏吴县
（今苏州）人。1915 年 5 月 21 日由陈光誉介绍入社，入社书
编号 522。京剧演员。自幼随父习艺，12 岁入上海丹桂茶园
夏家科班，拜夏月珊为师。1910 年后成名。上海光复时，曾
参加攻打江南制造局的战斗。演技以清淡典雅胜，以演时装
戏《恨海》《血泪碑》等剧中女学生著名。曾独自创办伶人学
校，专供同行子弟读书。后因嗓音嘶哑脱离舞台，入津浦铁
路局任职员。柳亚子辑有《春航集》。

　　成本璞（1877—？）　字琢如，号天民。湖南湘乡人。1912年9月13日由陈去病、傅熊湘、谭作民介绍入社，入社书编号336。早年留学日本东京速成法政学校。1912年在湖南长沙与谭延闿创办《天民报》。1917年6月在吉林参与发起成立吉林松江修暇社。1919年被推为伊犁外交司长。著有《九经今义》《通雅斋丛稿》等。

　　成舍我（1898—1991）　名平，字舍我。湖南湘乡人。1916年5月8日由林景行、叶玉森介绍入社，入社书编号597。著名报人。1915年到上海《民国日报》馆。1918年入北京大学，兼任《益世报》编辑。后与人办《真报》，任教北京大学等。1927年又任南京《民生报》主编。抗战爆发后，与程沧波在重庆创办中国新闻公司。日本投降后，恢复北平《世界日报》。新中国成立后去香港，后转台湾，重新创办世界新闻专校。著有《献身报坛六十年》等。

　　吕志伊（1881—1940）　字天民。云南思茅（今普洱）人。1911年9月15日由朱少屏介绍入社，入社书编号172。晚清举人。1904年赴日留学。次年加入中国同盟会，任评议员、云南支部长。与赵伸等创办《云南》及《滇话报》。1908年冬至仰光，与居正同任《光华日报》《进化报》主笔。云南光复后，任都督府参议。南京临时政府成立，任司法部次长。袁世凯阴谋称帝时，佐护国军起兵于其乡。1923年任中国国民党本部参议。后历任国民政府立法委员等职。

吕碧城（1885—1943） 字遁天，号圣因。安徽旌德人。
1914 年 6 月由朱少屏介绍入社，入社书编号 418。近代杰出
女词人，精通中英文学。清末任天津《大公报》撰述、编辑。
后被聘任北洋女子公学堂总教习、监督，时年仅 21 岁。其
时，课余从严复研习英国语文。入民国后，曾任袁政府秘书，
筹安会起辞去。1920 年赴美，入哥伦比亚大学习美术。后遍
游欧洲各国。抗战爆发后，返居香港，任女子佛学院导师。
著有《吕碧城集》。今有李保民《吕碧城词笺注》行世。

朱　苬（1878—？）　号伯裳。江苏南汇（今属上海）人。1910年8月由俞剑华介绍入社，入社书编号95。

朱　英（1889—1954）　字荇青，号杏卿。浙江平湖人。1919 年 10 月由周斌、徐梦、黄复介绍入社，入社书编号 1080。早年求学于古乐名家李芳园后人所办塾学，1927 年任教于上海国立音乐院。1929 年改称音乐专科学校，专任琵琶教员。抗战时期创作了《哀水灾》《淞沪血战》等具有爱国激情的琵琶乐曲。1945 年任教于湖北师范学院音乐系。1952 年被聘为中央音乐学院民族音乐研究所特约演奏员。创作有《秋宫怨》《长恨曲》等琵琶曲及器乐合奏曲《枫桥夜泊》等。

　　朱　玺（1897—1921）　号孽儿，字鸳雏，江苏松江
（今属上海）人，原籍苏州。1915 年 11 月 9 日由杨锡章、姚
鹓雏、高旭、李拙介绍入社，入社书编号 569。鸳鸯蝴蝶派
作家。幼由杨锡章主办的松江孤儿院抚育成长。后在上海卖
文，文宗林琴南。著有《朱鸳雏遗著》《情书一束》《银箫集》
《凤子词》《峰屏泖镜录》《二雏余墨》（与姚鹓雏合作）、《桃李
因缘》（与刘铁冷合作）、《瀛谈脞录》（与逢一合作）等。

朱　照（1874—？）　字救黄。江苏松江（今属上海）人。1910 年由柳亚子介绍入社，入社书编号 80。

　　朱　骞（1887—1914）　字谨侯。广东梅县（今梅州）人。1912 年 5 月 15 日由古直介绍入社，入社书编号 276。年少好学，尊同邑古直为师，经十年，学识大进。好读《史记》，又好《诗经》《楚辞》，长吟短咏，陶然自得。先后主持黄竹小学、滂溪小学，成就甚众。1913 年出游汕头，协助古直办《大风日报》，不到一年，报社停顿，悄然归家。但又不甘伏处里闲，颇思为家国有所作为。次年春间复游汕岛，看到袁氏盗国，异常愤慨，一夕忽呕血沾地，当年秋病逝。

　　朱　翱（1899—？）　字瘦桐，号泪痕。江苏太仓人。
1915 年 3 月 28 日由胡寄尘介绍入社，入社书编号 491。著
有《马浪荡》。

朱子湘（1886—1962） 名葆芬，字子湘。上海人。1909年由朱少屏介绍入社，入社书编号 8。1903年公派留学美国，立志以科技救国。1909年归国，参加中国同盟会。1914年任南洋路矿学校教务长，后主持复旦公学算数部并教授数学。1918年进入国民政府交通部。1923年，供职于唐山京奉铁路，后任国民政府交通部技正。抗战期间，曾任国民政府交通部工程处副处长、处长等职，参与滇缅铁路和多处机场、多条公路的规划和修建。

　　朱少屏（1882—1942）　原名葆康，字少屏。上海人。
朱子湘兄。1909 年 11 月由柳亚子介绍入社，入社书编号 6。
南社虎丘首次雅集十七位参与者之一。早年就读南洋公学，
后赴日本留学，加入中国同盟会。1909 年任《民吁报》发
行人，并创《民立报》。1911 年 11 月参与攻打江南制造局。
1912 年赴南京任总统府秘书。南北议和后，与叶楚伧等创办
《太平洋报》。1916 年被举为寰球中国学生会总干事，主持会
务逾二十载。1942 年 4 月，在任菲律宾领事时被日军杀害。

　　朱凤蔚（1889—1952）　名谦良，字凤蔚，号凡鸟。浙江海盐人。1917年12月7日由叶楚伧、朱宗良介绍入社，入社书编号1002。民国初年曾任浙江省议会议员。1916年供职《民国日报》。后曾任上海市政府第三科科长。著有《南社影事》《党国人物志》。

朱克昌（1898—？） 字凤言。广东番禺人。1917 年 3 月 20 日由蔡哲夫介绍入社，入社书编号 843。

　　朱宗良（1891—1970）　字尘仙，号无射。浙江海盐人。朱凤蔚弟。1913 年 11 月 17 日由朱少屏、叶楚伧、柳亚子介绍入社，入社书编号 389。1911 年毕业于杭州高等学堂。1915 年任《民国日报》主编。1926 年任广州国民政府土地厅主任秘书。1928 年 3 月代理南京国民政府秘书，11 月改任行政院院部秘书。1933 年 12 月出任监察院监察委员。1948 年 5 月被选为"行宪"第一届监察院监察委员。去台湾后，仍任"监察院"监察委员。

朱念慈（1877—？） 号介如。广东东莞人。1917 年 3 月 25 日由邓章兴、蔡守介绍入社，入社书编号 848。

　　朱剑芒（1890—1972）　名慕家，字仲康，号剑芒。江苏吴江人。1914年7月由柳亚子、顾悼秋、周云介绍入社，入社书编号437。1919年前往上海，执教于寰球中国学生会。后兼任上海世界书局编辑。北伐军兴，埋头秘密编著《三民主义国文读本》。所编多套《朱氏初中国文》《朱氏高中国文》，大量选用进步作家的作品。抗战期间，赴福建担任审计工作。1945年，南社闽集在福建永安成立，被推为社长。新中国成立后，先后执教于吴江黎里禊湖中学和常熟县中学。

　　朱剑锋（1888—约 1948）　名霞，字佩侯，号剑锋。江苏吴江人。1915 年 6 月 27 日由柳亚子、顾悼秋、周云介绍入社，入社书编号 545。朱剑芒兄。早年与弟剑芒随父课读，工书法，善绘画，尤擅画梅。字学黄山谷，论诗尊宋。平日在长袍之外，不穿马褂，喜欢罩一件背心，色彩浓艳，加上一头长发，模样怪诞。中年丧妻之后，一改年轻时的张扬作派，穿着朴素，行事低调，一心养育一双儿女。著见《南社丛刻》等。

　　朱树鹤（1889—1942）　字立群，又字双云，号云甫。上海人。1916 年由陈万里介绍入社，入社书编号 645。1906 年后，创办并主持开明演剧会、笑舞台、导社等戏剧团体，长期从事新剧事业。1914 年出版《新剧史》，讲述文明新戏历史。又有《新剧春秋》《初期职业话剧史料》。遗著《我与戏剧的关系》，载 1944 年重庆《天下文章》第 2 卷第 1 期。另有歌剧剧本《淝水之战》《平壤孤忠》。

　　朱梁任（1873—1932）　名锡梁，字梁任，号纬军，别号君仇。江苏吴县（今苏州）人。1909 年 11 月 13 日由柳亚子介绍入社，入社书编号 153。南社虎丘首次雅集十七位参与者之一。中国同盟会会员。自幼读书学剑，早年留学日本。武昌起义后，即参加民军。嗣后，曾任上海持志大学、南京东南大学等校教授。热心苏州地方文物的保护，走遍城坊，寻碑访古。1932 年 11 月 12 日，与子赴甪直参加唐塑罗汉古物馆的开幕典礼，中途舟覆，父子一同遇难。

　　朱肇昇（1885—1978）　字叔建。江苏松江（今属上海）人。1910 年 12 月 17 日由朱少屏介绍入社，入社书编号 101。早年留学日本，加入中国同盟会。辛亥革命，松江光复，与蒋轼等组织地方政论会，后至南京，参加同盟会临时大会。嗣后，长期担任江苏省议会秘书等职。抗战胜利回松，任省立高级应用化学科职业学校教员。新中国成立后，以民主人士被推为松江县政协副主席。数年后，由南京迁居上海，调任为上海市政府参事，并被推为市政协委员。

　　朱蔚堂（1880—1953）字怙生，自号越叟。浙江萧山人。1917 年 4 月 8 日由王毓岱介绍入社，入社书编号 860。年轻时承父业接办学馆，又创办仙桃山小学。1905 年赴沪，就读于上海理化专科学校，毕业后，先后执教于上虞、诸暨店口、萧山临浦、杭州裕成小学等校。民国初年，加入浙江省教育会，1918 年赴日本等国参观考察。教余，常赋诗作画，著有《越叟咏梅诗稿》；擅画梅花；书法造诣颇深。1948 年受聘任萧山县修志馆特约撰稿人。

　　朱德龙（1832—?） 号侣霞。湖南醴陵人。1912 年 12 月 23 日由傅熊湘、黄钧、郑泽介绍入社，入社书编号 330。曾任临湘、长沙、华容、宁乡、嘉乐知县。

　　朱增濬（1879—?）　字叔源。江苏南汇（今属上海）人。1910年8月由陈陶遗介绍入社，入社书编号53。中国同盟会会员。曾任上海浦东中学校长。

　　　　　　　　六画　南社社友图像集

　　朱镜宙（1890—1985）　字铎民。浙江乐清人。1916 年
9 月由邵瑞彭介绍入社，入社书编号 765。早年毕业于杭州
师范讲习所。武昌起义，入新军任司书。1912 年入浙江法
政专校，加入中国国民党。1914 年毕业后，任温州《天声
报》主笔。1916 年任北京《民苏报》编辑、广州军政府参议。
1918 年赴新加坡《国民日报》任总编辑。1933 年后，历任
甘肃省政府民政厅长、财政厅厅长等职。1949 年去台湾，后
发起成立台湾印经处。晚居台中正觉寺。

伍崇学（1881—1955） 字静虑，号仲文。江苏江宁人。
1912 年 4 月 25 日由苏曼殊、朱少屏、柳亚子介绍入社，入
社书编号 263。出生回族世家。1898 年 10 月，报考南京路
矿学堂，与鲁迅等被正式录取。三年后，又与鲁迅等一同赴
日本留学，进入弘文学院学习日文。1912 年 5 月，与鲁迅同
在临时政府教育部供职。1917 年 9 月后，历任江西、浙江教
育厅厅长。1930 年后，在上海招收回族平民子弟的敦化学校
任教。新中国成立后，受聘为江苏省文史馆馆员。

仲一侯 （1895—1970） 名中，又字逵民。江苏泰县（今泰州）人。1914年6月25日由柳亚子介绍入社，入社书编号430。1918年至1931年，曾任溱潼、广武等地和泰县女子职业学校教师。1931年至新中国成立后，历任全国古物保管会泰县支会委员、泰县修志局编纂、泰县文献会委员等职，任教于泰县县立中学、县立师范、泰州城中等学校。曾任泰州市政协委员。工诗文，擅书法。

任凤冈　字茂梧。浙江海盐人。1917 年由张一鸣介绍入社，入社书编号 905。

　　任鸿隽（1886—1961）　字叔永。四川巴县（今属重庆）人。1914 年由朱少屏介绍入社，入社书编号 440。早岁就学于中国公学，后留学日本，加入中国同盟会。辛亥革命后，任南京临时政府秘书处总务长。后往天津主持《民意报》。旋赴美，攻读理化等科。与赵元任等创组中国科学社，任社长，出版《科学》杂志。1918 年回国，执教于北京大学、东南大学，并任教育部专门教育司司长、四川大学校长等职。新中国成立后，任全国政协委员。著有《科学概论》。

　　华　龙（1881—1929 前）　字无闷，号子翔。江苏无锡人。1910 年由赵正平介绍入社，入社书编号 56。曾任苏州苏苏女学和江苏师范学堂教员，治宋明性理之学。著见《南社丛刻》。

　　庄尚严（1899—1980）　字慕陵，号默如。河北大兴（今北京市大兴区）人。1916年11月24日由余崐介绍入社，入社书编号730。1924年北京大学毕业。自1925年起长期供职于故宫博物院古物馆。抗战爆发后，奉命押运故宫文物等至湘、桂、黔、川。1947年将古物运回南京。1948年底又运到台湾。历任科长、馆长、副院长，1969年退休。又曾任教台湾大学等校。辑有《清宫旧藏历代花鸟集珍》等。

庄庆祥（1878—？）　字翔声。江苏江阴人。1912年
10月21日由陈蜕庵、吴有章、沈沅介绍入社，入社书编号
321。早年任教上海民立中学，后任职商务印书馆编译所，
与许指严、蒋维乔、张之纯等编辑教科书，编有《共和国教
科书文法要略》《文字源流》等。《文字源流》一书单独编写
语文知识，这对以往采用单一的语文课本，是一种突破和
尝试。

刘　三（1878—1938）　原名钟龢，字三，又字季平，
别署江南刘三。上海华泾人。1916年7月补填入社书，入社
书编号640。早年留学日本，加入兴中会。1903年学成归国。
任浙江陆军学堂教官，与费公直等创办丽泽学院。1916年后
历任北京大学、北京高等师范、东南大学、复旦大学等校教
授。1931年任国民党监察院监察委员。著有《黄叶楼遗稿》
《华泾风物志》等。

刘　谦（1883—1959）　字约真。湖南醴陵人。1912 年
12 月 23 日由傅熊湘、龚尔位、黄钧介绍入社，入社书编号
332。中国同盟会会员。毕业于湖南优级师范学堂。曾任湖
南各中学教师。与傅熊湘、宁调元结庚庚诗社。宁调元在长
沙被害后，负其骸骨，回葬醴陵西山，并搜罗其遗著刊行。
熊湘逝世，又为辑《钝安遗集》。曾主编《长沙日报》。抗战
时期在乡任《醴陵新志》总纂。新中国成立后，受聘为湖南
省文史馆馆员。今有巫雪敖辑《南社三刘遗集》行世。

　　刘　筠（1894—？）　字筱墅，号蒨侬，别号花隐。浙江
镇海人。1914年入社，入社书编号411。中国同盟会会员。

　　刘云昭（1886—1962）　字汉川。江苏萧县（今属安徽）
人。1917 年 2 月 20 日由徐世阶介绍入社，入社书编号 811。
早年就读淮安江北师范学堂，加入中国同盟会。辛亥革命后，
历任萧县民政长等职。1924 年，当选国民党一大代表。后应
李济深之邀入桂，参加倒蒋活动。抗战胜利后，当选江苏省
参议员，后任立法院立法委员。1948 年 6 月，参与筹建民革
上海临时工作委员会，策动刘昌义于 1949 年 5 月率部起义。
后任扬州市政协副主席。

　　刘天徒（1880—？）　字天徒，江苏武进人。1916 年由
汪文溥、柳亚子介绍入社，入社书编号 698。

刘凤锵（1876—1935） 字耀歧，号西航。广东南海人。1916 年 12 月 1 日由蔡守、胡熊锷介绍入社，入社书编号 738。1935 年又参加南社广东分社。

　　刘民畏（1886—？）　名岩，号曙星，以字行。四川夔县人。1912 年 10 月 21 日由胡朴安、邓家彦、汪洋介绍入社，入社书编号 322。

刘成禺（1876—1953） 字禺生。湖北江夏人。未填写入社书，编号 54。早年肄业武昌经心书院。后到香港，加入兴中会。复赴日本，入成城学校，与李书城等在东京刊行《湖北学生界》。1904 年赴美留学，入加州大学，兼任《大同日报》总编辑。武昌起义归国。1912 年任北京临时参议院议员。后加入中华革命党，任广州大元帅府顾问、总统府宣传局主任等职。后曾任国史馆总纂修。新中国成立后任湖北省人大代表、中南军政委员会文教委员。著有《先总理旧德录》等。

　　刘师陶（1876—1935）　字少樵，号沧霞。湖南醴陵人。1912 年 10 月 8 日由傅熊湘、郑泽、黄钧介绍入社，入社书编号 331。早年就读渌江书院。光绪二十四年（1898）府试第一，补博学弟子。后留学日本，习师范，以日本颁布取缔规则愤而归国。湖南光复，任教育司科长，醴陵县救荒事务所主任及教育局局长。与同社傅熊湘等相唱和。其学生宁调元（1913）遇难后曾与刘谦搜罗其遗著。工诗，载《南社丛刻》。

刘寿朋（1886—?） 字仲生。江西九江人。1916年由李根源介绍入社，入社书编号760。1913年二次革命失败，亡命海外，曾与张群等赴南洋任教。后曾任张学良总司令部行政处长。1935年张群主鄂，任湖北省建设厅厅长，1937年春去职。1946年任重庆市行辕秘书长，西南军政长官分署秘书长。

刘宗向（1879—1951）　字寅先，号盅园。湖南宁乡人。
1916 年 9 月由傅熊湘介绍入社，入社书编号 705。1904 年
入明德学堂，旋入京师大学堂。毕业授内阁中书，调学部，
任山西大学教授。1911 年回湘，先后在湖南高等学堂、中
路师范学堂任教，后任湖南高等师范校长、湖南大学教授。
1921 年创办私立含光女子中学，任校长。1950 年被聘为湖
南省文史研究馆馆员。一生治经学、史学，长古文辞、词曲，
曾主修《宁乡县志》。

刘泽湘（1867—1924）　字今希。湖南醴陵人。刘谦兄。1914 年由傅熊湘、柳亚子、刘谦介绍入社，入社书编号 484。中国同盟会会员。早年先后肄业城南、岳麓、渌江诸书院。后留学日本。回国后任教席、县议会议员。1913 年后曾继宁调元后任三佛铁路总办，不久去职。1916 年任程潜靖国军秘书。后募款在乡办赈。平素好诗文，亦喜书法，慕苏东坡。著有《钓月老人遗稿》。今有巫雪敖辑《南社三刘遗集》行世。

　　刘铁冷（1881—1961）　原名绮，字汉声。江苏宝应人。1918年1月16日由姚民哀介绍入社，入社书编号1015。1912年主上海《民权报》笔政。1914年4月与蒋著超创办《民权素》月刊，同年5月又与徐枕亚合办《小说丛报》月刊，被视为鸳鸯蝴蝶派大本营。1918年后在上海青年会中学执教，任国文教员。著有长篇小说《求婚小史》《野草花》等多种。

　　刘景初（1885—？）　字景初。广东宝安人。1917年
3月25日由刘筱云、蔡守、释铁禅介绍入社，入社书编
号824。

　　　　　　　六画　南社社友图像集

刘筱云（1883—?） 字豫齐。广东番禺人。1916 年 11 月 25 日由蔡守介绍入社，入社书编号 733。

　　刘鹏年（1896—1963）　字雪耘。湖南醴陵人。刘泽湘子。1914 年 10 月 29 日由柳亚子介绍入社，入社书编号472。早年师从傅熊湘，酷爱中国文学。1914 年入上海中国公学求学，鼓吹民主革命。1924 年加入南社湘集，1934 年任社长，先后出版《南社湘集》八期。抗战期间，携妻挈女，一路颠沛流离，寄居重庆。抗战胜利，随机关复员迁移南京。1948 年末，告老还湘。著有《鞭影楼词》《涉江集》《泰山游记》等。今有巫雪敖辑《南社三刘遗集》行世。

刘豁公（1889—1920 年代） 原名达，字豁公，号梦梨。安徽桐城人。1917 年 11 月 9 日由刘锦江、胡寄尘介绍入社，入社书编号 993。早年入安徽陆军小学，后升送保定速成大学。曾在安徽充将校讲习所区队长教官等职。辛亥革命时，在南京充当铁血军马队营连长，福建警备队连长等职，后到上海，任各大报撰述。在《游戏杂志》《半月》等刊连载小说。又为各舞台编剧，编有《复辟梦》《大观园》等。1922年主编《心声》，并著载剧本《蔡文姬》。

　　江　琼（1888—1917）　字玉泉，号山渊。广东廉江人。1916 年 5 月由胡寄尘介绍入社，入社书编号 599。清廪生。日本明治大学法科毕业。中国同盟会会员。辛亥后，被选为广东临时省议会议员。1913 年当选为众议院议员。1916 年国会恢复时，仍任众议院议员。著有《诗学史》《山渊阁诗草》《楚声录》等。

　　江亢虎（1883—1954）　原名绍铨，字亢虎。江西弋阳人。1912 年 8 月 11 日由陈蜕庵介绍入社，入社书编号 289。早年肄业北京东文学堂。1911 年在上海组织社会主义研究会，光复后改组为中国社会党。1921 年去苏联旅行，参加共产国际第三次代表大会。后在上海创办南方大学。1924 年北上宣布恢复中国社会党。"七七事变"后避居香港。1939 年应汪精卫之邀回上海，任汪伪国民政府考试院副院长、院长。抗战胜利后被捕。1954 年病死于上海提篮桥狱中。

　　江镇三（1888—?）字海飘（帆）。湖南新宁人。1917年3月14日由王横介绍入社，入社书编号835。日本明治大学法科毕业。历任上海南方大学、群治大学、法科大学、中国公学、大陆大学、复旦大学、大夏大学、法政大学、暨南大学教授及法科、法律系主任。抗战后任伪维新政府内政部民政司长、县政训练所教务长等职。著有《刑法名论》《刑法新论》《新刑法总论》等。

汤鸿基（1892—1972） 字剑胡。江苏如皋人。1911年
10月5日由阳兆鲲介绍入社，入社书编号183。

　　许　观（1899—1939）　又名观曾，字盥孚，号半龙。
江苏吴江人。1917 年 5 月 16 日由柳亚子介绍入社，入社书
编号 897。早年受学于金松岑，继学医于其舅陈仲威。毕业
于上海中医专门学校。1927 年与秦伯未、王一仁等创办中国
医学院。编著有《外科学》《中国外科学大纲》《疡科学》《喉
科学》《内经研究之历程考略》《中西医之比观》等。又著有
《静观轩诗钞》，又有未刊稿《话雨篷丛缀》《两京纪游诗》。

　　许　湘（1889—?）　字竞存，号苏华。江苏太仓人。冯平夫人。1915年5月9日由狄膺、俞剑华、陆毅、金燕、冯平介绍入社，入社书编号509。

　　许苏民（1867—1924）　原名朝贵，字稚梅。江苏嘉定（今上海市）人。1911 年 9 月 28 日由朱少屏、朱子湘、柳亚子介绍入社，入社书编号 179。早年加入中国同盟会。1911 年 11 月 6 日，嘉定响应武昌起义，宣告独立，被推为县军政分府民政部部长。历八月后辞职，回南翔致力于教育事业。后被举为县学务所学务董事，在南翔四市各创办小学一所，又创办私立南翔义务小学，1923 年更名为南翔公学。

　　许指严（1875—1923）　原名国英，字志毅，亦字指严。
江苏武进人。1914 年 3 月 27 日由王蕴章、庄庆祥、胡寄尘
介绍入社，入社书编号 401。清末掌教南洋公学，李定夷等
皆是其学生。又任商务印书馆编辑，编中学国文、历史等教
科书。辛亥革命后主讲南京高等师范，复任北京财政部秘书。
1917 年在京曾编辑《说丛》。后归沪上卖文为生，亦曾代笔
天台山农鬻字。为著名旧派小说作家，著有《清史野闻》《近
十年之怪现状》《民国春秋演义》《天京秘录》等。

　　许祖谦（1874—1953）　字行彬，号西湖闲人。浙江海宁人。1917 年由张一鸣介绍入社，入社书编号 907。清末秀才，后考入浙江高等学堂，毕业后曾任教于杭州师范和温州瓯江师范。1910 年在杭州办《浙江白话报》，后协助杭辛斋办《浙江白话新报》和《农工杂志》。辛亥革命后，又先后办《西湖报》《良言报》《杭州报》等。历任浙江省议会一至三届议员、浙江财政委员会秘书长等职。1937 年抗战爆发后移居上海。著有《行彬文稿》。

　　许崇灏（1881—1957）　字公武。广东番禺人。许崇智堂兄。1919 年 3 月 20 日由卢铸、蔡守介绍入社，入社书编号 1054。南京陆师学堂毕业。中国同盟会会员。辛亥革命时组织镇江新军起义，任参谋长。参与光复南京。民初任江苏都督府参谋长、南京临时卫戍司令、粤汉铁路局总理。1932年任国民政府考试院代秘书长。1942 年任国民政府委员。新中国成立后，受聘为上海市文史馆馆员、参事室参事。著有《中国政制概要》《伊斯兰教志略》《新疆简史》等。

　　许慎微（1901—1942）　号慧墨。江苏太仓人。1917 年
4 月 4 日由冯平、俞剑华、许苏民、许湘介绍入社，入社书
编号 859。

　　许肇南（1886—1960）　字先甲。贵州贵阳人。1915 年
6 月 2 日由朱少屏介绍入社，入社书编号 539。中国同盟会
会员。留学日本和美国，获电气工程师学位。在美参与发起
组织中国科学社及中国工程师学会。1915 年归国后，任南京
河海工程专校校长，又亲手创建我国较早自行设计、自行施
工的火力发电厂——下关电灯厂，并兼任厂长。后任广州国
立高等师范学校教授、省长廖仲恺秘书等职。此后，从事中
国古文学研究。新中国成立后，受聘为上海市文史馆馆员。

　　阮尚介（1891—1960）　字介凡，一字介蕃。江苏奉贤
（今属上海）人。1911 年 10 月 6 日由柳亚子介绍入社，入
社书编号 189。早年就读于上海澄衷学堂、北京高等实业学
堂，后留学日本。1914 年毕业于柏林工业大学造船系。1915
年任北京政府陆军部顾问、北京大学教授。1917 年任同济德
文医工学校、同济大学校长；创办《自觉周报》《同济杂志》
《同济医学》等刊物。1931 年任上海兵工厂厂长。1938 年至
1944 年，任北平大学工学院院长、教授。

　　阳兆鲲（1875—？）　字伯筷，号惕生。湖南醴陵人。1910年由雷铁厓介绍入社，入社书编号72。1904年赴日留学，1905年由黄兴主盟加入中国同盟会。曾任江西宜春县长。

　　孙　鸿（1889—1965）　号雪泥。江苏江宁人。1918 年
1 月 11 日由姚民哀、张一鸣介绍入社，入社书编号 1013。
五岁即能剪纸，十六岁学画，擅画山水，以写园林幽胜见长，
花卉果品，潇洒清逸，尤爱画梅，别具风格。工诗，多咏景、
咏物之作。曾任冠生园广告宣传员，随后自办生生美术公司。
曾出版《世界画报》，编刊《俱乐部》杂志等。新中国成立
后，任上海中国画院画师、美协上海分会理事。1962 年受聘
为上海市文史馆馆员。著有《雪泥诗集》《雪泥画集》。

　　孙　湜（1893—?）　字伯纯。安徽寿县人。1912 年 5 月 27 日由苏曼殊介绍入社，入社书编号 279。

　　孙　鹏（1885—？）　原名时英，字逸清，号翼云。浙江嘉善人。1910 年由陈陶遗介绍入社，入社书编号 42。20 世纪三十年代曾在驻日神户领事馆任职。著见《南社丛刻》。

　　孙　璞（1884—1953）　字仲瑛，号阿瑛，别号顾斋。广东香山（今中山）人。1915 年 9 月 9 日由蔡守、邓尔雅、周明介绍入社，入社书编号 557。早年读书于广州广雅书院。后赴日本，攻法律、政治。归国后创办《云南日报》《滇南公报》。曾任孙中山秘书、广东省省长秘书、省公安局秘书代理局务、财政部和实业部法规委员会咨议科长。三十年代任上海市政府秘书、公安局主任秘书，吴国桢市长秘书主任等职。著有《顾斋诗文集》《狱中记》《旅滇闻见录》等。

孙竹丹（1882—1911）　字幼符，号竹丹。安徽寿州
（今寿县）人。1911 年 3 月 4 日由柳亚子介绍入社，入社书
编号 132。毕业于南京陆军学堂，留学日本，参与发起中国
同盟会，被推为安徽分会会长。1906 年和孙毓筠等谋在南京
响应萍浏醴起义，事泄，毓筠被捕，其逃亡日本。1909 年熊
成基赴日往访，资助其返国，后成基被叛徒出卖遇难，受到
株连。同盟会内部少数人怀疑成基是其出卖，而将其暗算杀
害。1912 年，由宋教仁等十二人发布公启，以白其冤。

　　孙延庚（1869—？）　字警僧，号今身。江苏吴江人。
1911 年 4 月 17 日由柳亚子介绍入社，入社书编号 140。
1906 年 7 月任《新世界小说社报》月刊编辑。著有《中国文
学史集说及著作》。

　　毕希卓〔1892—1926〕　原名振达，又名倚虹，字希卓，号几庵。江苏仪征人。未填写入社书，编号 20。著有《毕倚虹说集》《春江花月夜》《清宫谈旧录》等。

　　寿　　玺（1885—1949）　字石工。浙江绍兴人。由高旭介绍入社，入社书编号 1071。篆刻家，杨烈山弟子。初宗秦汉而参吴昌硕法，后改师黄士陵，作风一变。久寓北京，荣宝斋为其收件，每于铺中立就奏刀。早年毕业于山西大学堂。民国成立前加入中国同盟会，并参加辛亥革命。民国初年曾在北京《民声报》社任职，又与陈师曾等筹划创办北京美术专科学校。先后执教于北京大学、北京女子文理学院。著有《珏庵词》《治印琐谈》《重玄琐记》等。

　　贡少芹（1879—1921 在世）　名璧，字少芹，亦署天忏。
江苏江都人。1916 年 4 月 20 日由胡寄尘介绍入社，入社书
编号 590。清末主编《中西日报》。辛亥革命后侨居湖北，与
何海鸣合办《新汉民报》。后到上海，曾编《小说新报》，又
任进步书局、国华书局编辑，与许指严等合编《笔记小说大
观》。著有《亡国恨传奇》《新社会现形记》《近五十年见闻
录》等。

　　杜　诗（1880—1912）　字尚陵，号鹃魂。江苏嘉定（今属上海）人。1912 年 2 月 12 日由费公直、柳亚子、朱少屏介绍入社，入社书编号 212。

　　杜　羲（1887—1936）　字宥前，号仲宓。天津静海人。1911 年 12 月 20 日由俞剑华、陈家鼎、景耀月介绍入社，入社书编号 201。早年赴日本留学，加入中国同盟会。后从章太炎治国学。1908 年归国，先后任教于山西大学堂、陕西高等学堂。辛亥革命爆发后，赴东北进行革命活动。1914 年在上海镇守使郑汝成部下主军署。1921 年赴广州任非常大总统府参议，后参加讨伐陈炯明。1933 年任监察院监察委员。因忧患于华北危机，于 1936 年 2 月 7 日投南京玄武湖自尽。

　　杜之杕（1879—?）　字贡石。广东南海人。1917年3月25日由凌鸿年、蔡守介绍入社，入社书编号847。1904年东渡日本，入东京法政大学速成科攻读。1905年8月参与组建中国同盟会。归国后任职于广东法政学堂。辛亥广东光复后，任广东都督府枢密处参议。

杜国庠（1889—1961） 字守素。广东澄海人。1915年1月18日由陈家鼎介绍入社，入社书编号485。1907年赴日本留学，与李大钊等组织丙辰学社，反对袁世凯复辟帝制。1919年回国后，在北京大学、中国大学等校任教。1928年2月在上海经蒋光慈、钱杏邨介绍加入中国共产党。曾参加组建中国左翼社会科学家联盟和中国左翼作家联盟，主编《中国文化》《正路》。新中国成立后，任广东省文教委员会主任等职。著有《先秦诸子思想概要》《便桥集》等。

　　杨　济　字救灾，号随庵。江苏常熟人。1913 年由高旭、庞树柏介绍入社，入社书编号 379。

杨　璠（1875—？）　字聘之。江苏宝山（今属上海）人。1910 年 4 月由陈去病介绍入社，入社书编号 166。

杨千里（1882—1958） 字骏公，号千里。江苏吴江人。未填写入社书，编号66。早岁肄业南洋公学。1904年起，执教于上海澄衷学堂，后又兼《民呼》《民吁》《民立》《申报》主笔及编辑。后至北京，曾任教育部视学、国务院秘书等职。1926年后，任无锡县知事、吴江县长等职。1936年后以诗书金石自娱。因其家学渊源，研习数十年，于秦篆汉隶章草魏晋诸家，无一不精，又工治印。著有《茧庐吟草》《茧庐长短句》《茧庐印痕》等。今有杨恺编著《千里骏骨》行世。

　　杨廷溥（1882—？）　字啸沧。四川巴县（今属重庆）人。1912 年 10 月 21 日由朱少屏、陈其美介绍入社，入社书编号 344。毕业于日本陆军士官学校及日本户山学校。1912 年任南京临时政府军衡局科长、北京政府陆军部科长。后任陆军部秘书、参事等职。1924 年任清室整理善后委员会委员。1932 年任驻日本公使馆陆军副武官。1934 年 5 月，任国民政府参谋本部高级参谋。抗战爆发后，投降日伪。

杨杏佛（1893—1933） 原名铨，笔名死灰。江西清江人。1912年3月12日由柳亚子、雷铁厓、俞剑华介绍入社，入社书编号229。武昌起义爆发后，加入中国同盟会。1914年与人组织中国科学社，编辑出版《科学》杂志。1924年到广州，任孙中山秘书。后任国民党上海市党部执行常委，发起成立中国济难会。1927年后，任中央研究院总干事。与宋庆龄、蔡元培等发起成立中国民权保障同盟，任执行委员兼总干事。因反对蒋介石独裁统治，1933年6月被国民党特务暗杀。

　　杨济震（1899—1959）　字佩玉，号孤室。江苏吴江人。1917 年 1 月 21 日由徐麟介绍入社，入社书编号 790。十八岁时父亲弃世，开始支撑门户，一边教书一边发愤读书，后赴南京某中学任教。家中辟有书房，藏书甚多。平时喜吟咏，更爱写作小说，目睹当时社会淫诲之作泛滥成灾，忧心如焚，认为小说应有它的教育作用。著有《孤室小说稿》《孤室诗稿》《孤室文稿》，大都已散佚。

　　杨赓笙（1869—1955）　号咽冰。江西湖口人。1915年
11月22日由雷铁厓介绍入社，入社书编号571。早年参加
中国同盟会，长期任孙中山秘书。1913年任江西讨袁军总司
令部秘书长。二次革命失败后去日本，参加中华革命党，后
赴南洋建立南洋支部，创办《光华报》等。1916年筹募经费
支援蔡锷云南起义。1926年北伐时，任赣军总司令部秘书长
兼参谋长。1949年1月，组织江西和平促进会，主张和平解
放。新中国成立后任江西省政协委员。

　　杨嗣轩（1884—1916）　字伯谦。浙江吴兴（今湖州）人。1912 年 2 月 6 日由高旭介绍入社，入社书编号 210。善文辞，精数学。早年入健行公学。1909 年赴北京习法律。武昌起义即南下，为革命奔走。南京临时政府成立，任职实业部商政司。后任上海尚侠中学教务长，兼授数学。二次革命时，学校毁于战火，即解散。后赴萍乡，病卒。

  杨锡章（1864—1929） 字几园，号了公。江苏松江（今属上海）人。1911 年 9 月 17 日由周亮才介绍入社，入社书编号 175。清末曾任宝山县教谕，因上书告发太守贪赃枉法，反被革职。遂在乡间创办孤儿院，自任院长。后在沪卖字为生。书宗何绍基，擅行草，好用俗语撰联，语多讽刺。著有《杨了公先生墨宝》《梅花百咏》。

　　杨谱笙（1879—1949）　字无闷。浙江吴兴（今湖州）人。1911 年 10 月 10 日由朱少屏、宋教仁、陈其美介绍入社，入社书编号 192。早年曾任湖州旅沪公学校长。约 1908 年加入中国同盟会。曾任上海同盟会中部总会会计干事，在其他干事去外地时，负责机关驻守、联络、经济、文书、采购和运输枪械等任务。上海光复时，曾带领敢死队攻打制造局，后任沪军都督府军需科长。1931 年任国民政府监察院秘书长。辑有《中国同盟会中部总会史料》。

杨德邻（1870—1913） 字性恂。湖南长沙人。1912 年
4 月 17 日由柳亚子、叶楚伧、朱少屏介绍入社，入社书编号
257。早年与黄兴同主明德、经正两学堂讲席。1905 年夏东
渡日本，加入中国同盟会。三年后归国，北游京师，任《中
央日报》编辑。1909 年被举为湖南省谘议局议员。武昌举义，
与蓝天蔚、吴禄贞奔走北方，以谋直捣北京，不幸谋泄，禄
贞被害，性恂几遭不测。1913 年二次革命，参与湖南省独立，
事败，被捕入狱，于 11 月 13 日被杀。

　　杨鹤廉（1888—？）　字鹤廉。广东新会人。1917 年 2 月 5 日由李孟哲、蔡守介绍入社，入社书编号 797。1913 年任江门觉觉学校校长，后当选广州议会议员。

　　苏曼殊（1884—1918）　名玄瑛，字子谷，号曼殊。广
东香山（今中山）人。1912 年 4 月 5 日由柳亚子介绍入社，
入社书编号 243。生于日本横滨。1894 年随父返广东。1898
年回日本，先后就读于横滨大同学校、东京早稻田大学，
1902 年转入振武学校习陆军。参加留学生革命团体青年会、
拒俄义勇队等。后加入光复会。民国成立后，反对袁世凯称
帝。身世飘零，佯狂玩世，嗜酒暴食，积病而卒。曼殊通英、
日文及梵文。能诗文，善绘画，为清末民初著名文学家。

李　伦（1893—?）　字超宕。江苏昆山人。1916 年 5
月 6 日由胡惠生、狄膺介绍入社，入社书编号 596。

　　李　劲（1888—？）　字况松。湖南衡阳人。1917年4月4日由李澄宇、谢晋介绍入社，入社书编号858。民国初期曾在《长沙日报》馆供职。

  李　拙（1890—1961）　字康佛。浙江嘉善人。1910年由陈陶遗介绍入社，入社书编号43。生性沉默寡言，不苟言笑。1924年，任嘉善一高校长。旋至沪上，任上海持志大学文学院院长兼词学教授多年。后应先施公司主人延请为家庭教师。上海沦陷后，生活潦倒。曾在寰球学生会创办上海诗文学社及国文实习馆。新中国成立后，办誊写社于北四川路桥堍。所作诗词，惜经乱离时散失殆尽。

　　李中一（1880—？）　字晦庵，号老虬。江苏宝山（今属上海）人。1916 年 9 月 24 日由柳亚子介绍入社，入社书编号 696。辛亥革命后，曾为北京《民苏报》编撰。

李书城（1882—1965）　字小垣。湖北潜江人。1912 年 10 月 21 日由朱少屏介绍入社，入社书编号 324。1902 年初官费留学日本，与刘成禺等创刊《湖北学生界》，参与组织拒俄义勇队，回武昌从事反清活动。1904 年再次自费入日本陆军士官学校，为中国同盟会发起人之一。归国后参加武昌起义，任汉阳总司令部参谋长。1916 年后，历任北京陆军部总长、湖北通志馆馆长等职。新中国成立后，历任农业部部长、全国人大常务委员、政协全国委员会常务委员。

李曰垓（1881—1944） 字梓畅。云南腾冲人。1919 年 3 月 20 日由卢铸、蔡守介绍入社，入社书编号 1051。早年参加中国同盟会。毕业于京师大学堂，曾任土民学堂总办，广办学校百数十所，宣传反清思想。武昌首义后与蔡锷等组织大汉云南都督府。后任讨袁护国军秘书长。民国元年任云南民政司司长等职。其后因反对新军阀险遭不测，被迫流亡香港、苏州，遂致力于先秦哲学研究。1928 年返回云南。著有《云南护国军入川之战史》《汗漫录》《滇缅界务图说》等。

　　李云夔（1883—？）　字右铭，号一民。浙江嘉善人。
1911 年 2 月 18 日由柳亚子介绍入社，入社书编号 124。曾
任青岛市政府科长。

　　李仲南（1900—2007）　名宝琛，以字行。江苏扬州人。1924 年由陈去病介绍入社，未填写入社书。1927 年获复旦大学首届中国文学科文学学士学位。先后任浙大、复旦、暨南大学、上海商学院、法政学院、圣约翰等大学教授。1935 年任上海《商报》总编。抗战期间，在上海创办过扬州中学沪校。新中国成立后，任河北工专教授。1982 年在扬州任刊授大学扬州分校校长。编著有《绝妙好词》（柳亚子题签）、《六书通议》（章太炎题签并序）等。

李光德（1883—?） 字怀诚。江苏无锡人。1910 年 4 月入社，入社书编号 643。中国同盟会会员。后以行刺汪精卫事件株连下狱。

　　李志宏（1888—？）　字心冥。原籍湖南长沙，寄籍江苏
江宁。1914 年由柳亚子介绍入社，入社书编号 424。

　　李沧萍（1897—1949）　字菊生。广东丰顺人。1916
年 12 月 13 日由蔡守、胡熊锷介绍入社，入社书编号 752。
1916 年就读于广东高等师范学校。曾任中山大学中国文学系
教授。

　　李寿铨（1859—1928）　号镜澄。祖籍江苏丹徒，生于扬州江都。1912 年 10 月 25 日由陈去病介绍入社，入社书编号 329。曾任教于扬州安定、梅花两书院。1897 年，与人同赴江西，开办萍乡煤矿，担任矿长职务达十二年之久。其间，经黄兴介绍加入中国同盟会，并积极支持和掩护黄兴、赵声等人的革命活动。1922 年 9 月，安源路矿大罢工，其悉心保护矿产，维护地方秩序，得到由中共派任安源的工人代表刘少奇的肯定。1924 年初，以年老体衰辞职返扬州。

李作霖（1893—？） 字润生。湖北武昌人。1916 年 8 月 25 日由骆继汉、高旭介绍入社，入社书编号 674。

　　李叔同（1880—1942）　原名哀，字叔同，号息霜。原籍浙江平湖，寄籍天津。1912年2月11日由朱少屏介绍入社，入社书编号211。1901年入上海南洋公学。1905年赴日本留学，习西洋绘画和音乐。次年参加中国同盟会。1910年归国，先后任上海城东女学、浙江两级师范及南京高等师范绘画、音乐教师。1918年于杭州虎跑寺出家，往来于杭州、永嘉等地宣讲律宗。1942年10月13日圆寂于泉州温陵养老院。

　　李孟哲（1884—1935）　字哲郎。广东番禺人。1916 年
11 月 23 日由蔡守介绍入社，入社书编号 729。1905 年 9 月
在香港加入中国同盟会。民国初年为广州《民主报》社成员。
1935 年又参加南社广东分社。

　　李隆建（1888—？）　字仲庄。湖南醴陵人。1916 年 8 月 30 日由刘泽湘、黄钧介绍入社，入社书编号 675。早年参加中国同盟会。1907 年与刘谦等重建同盟会湖南支部。后任职于《长沙日报》社，又曾任湖南省财政厅长。

　　李绛云（1884—1951）　曾更名好，字夷峙。浙江嘉善人。1914 年 11 月 29 日由周斌、李云夔、俞剑华、冯平、高旭介绍入社，入社书编号 479。清光绪二十八年（1902）庠生。诗词文章无不擅长，其书法清秀娟媚，如出闺秀之手。晚年任平川金石书画社社长，兼书法顾问。著有《绛云阁诗集》。

　　李钟骐（1899—1982）　字达三，号癯梅。浙江嘉善人。1917 年 3 月由李绛云、郁世龚、余其锵介绍入社，入社书编号 851。早年曾在洪溪小学任教，后任平川印刷所经理，新中国成立后归入嘉善印刷厂。生平爱好诗词，好书法，工小楷，喜欢抄录前人遗著，独好民间诗词及传说轶事。著有《红蚕室诗词》《平川棹歌百首》。

李根源（1879—1965） 字印泉。云南腾冲人。1913 年
2 月由宁调元介绍入社，入社书编号 670。清末赴日学陆军，
加入中国同盟会，组织创办《云南》杂志。1909 年，任云南
陆军讲武堂总办。武昌起义后，与蔡锷成立大汉军政府，任
军政总长等职。二次革命后，与黄兴等成立欧事研究会。后
反袁称帝，参加护法斗争。"一·二八"淞沪战起，在苏州募
义勇军。抗战全面爆发后，倡组老子军，主张抗日。新中国
成立后，任西南军政委员会委员、全国政协委员等职。

李基鸿（1882—1973） 号子宽。湖北应城人。1916年9月14日由白逾桓、田桐、高旭介绍入社，入社书编号687。早年赴日留学，加入中国同盟会。1906年从法政学校毕业回国，入湖北存古学堂，后赴南洋群岛。1914年加入中华革命党，任上海通讯社编辑。1917年后，任广东大元帅府第二军部秘书等。1927年后，历任福建省财政厅长等职。抗战爆发后，任广东禁烟特派员。1940年调国防最高委员会党政工作考核委员会任职。1949年去台湾。

　　李葭荣（1878—?） 字怀湘，号怀霜。广东信宜人。1911 年 9 月 29 日由朱少屏、朱子湘、柳亚子介绍入社，入社书编号 180。1907 年与徐珂在上海创刊《振群丛报》。1911 年任上海《天铎报》总编辑、上海中国国民总会书记。1923 年参加上海停云书画社。著有《炙娥灯》《装愁庵笔记》《我佛山人传》等。

李维翰（1874—1923） 字苣香。江苏松江（今属上海）人。1911 年 2 月 6 日由朱少屏介绍入社，入社书编号 112。早年留学日本，攻读法学，加入中国同盟会。归国后，任教松江府中学堂。1910 年，发起创办旬刊《茸报》，任主编。曾加入国学兑商会。南京光复后，与陈陶遗等赴南京参加同盟会临时大会。后随孙中山、黄兴入北京，参与同盟会改组为国民党。1913 年，出任浙江杭县地方审判厅厅长，后升任浙江省高等审判厅推事。

　　李煮梦（1887—1914）　字小白。广东梅县（今梅州）人。1912 年 7 月 17 日由叶楚伧介绍入社，入社书编号 284。中国同盟会会员。柳亚子称其"能诗词，尤擅小说家言。"1908 年任教梅县丙村三堡学堂，叶剑英少年时就读该校。嗣后，在汕头《中华新报》（后改为《新中华报》）工作，与叶楚伧同事，二人时常切磋诗艺，互有唱和。著有《鸳鸯碑》《新西游记》《滑稽侦探》等。

　　李瑞椿（1881—？） 号季直。陕西咸宁人。1910 年 10 月 29 日由朱少屏介绍入社，入社书编号 83。1911 年 3 月在上海创刊《克复学报》，并任该报主笔兼发行人。

　　李肇甫（1885—1950）　字伯申。四川巴县（今属重庆）人。1912 年 7 月 17 日由杨杏佛、田桐介绍入社，入社书编号 285。1905 年去日本留学，加入中国同盟会，并任执行部书记。1912 年任南京临时政府总统府秘书。二次革命后一度隐居。1916 年国会恢复，任众议院议员。1923 年赴上海从事律师职业。抗战爆发后，历任四川省（临时）参议会议长、四川省政府委员。1945 年 5 月当选中国国民党第六届中央监察委员。1950 年被捕，是年在狱中病逝。

　　李熙谋（1894—1975）　号振吾。浙江嘉善人。1917年
9月27日由郁世奏介绍入社，入社书编号964。毕业于上海
工业专校，留学美国，获哈佛大学博士学位。历任中山大学、
浙江大学、暨南大学工学院、交通大学各校教授和教务长等
职。抗战胜利后任上海市教育局副局长、局长。1949年任联
合国文教组织驻日代表。著有《通俗科学》。

　　李澄宇（1882—1955）　字洞庭，笔名澄宇。湖南岳阳人。1916 年 8 月 22 日由傅熊湘介绍入社，入社书编号 669。初习陆军，后致力于学。后又参加长沙南社湘集。曾任中国大学国文教授。1930 年任湖南省政府秘书、国学馆教授等。新中国成立后受聘为湖南省文史馆馆员。晚年寓居长沙。著有《未晚楼全集》。

李德群（1875—？） 字经舆。湖南湘阴人。1911年3月1日由朱少屏介绍入社，入社书编号131。

　　严　达（1873—1953）　字公上，号工上。江苏淮阴人，寄籍安徽歙县。1916 年 7 月 17 日由费公直、刘三、高旭介绍入社，入社书编号 642。早年留学日本。1905 年 4 月与黄宾虹一起任歙县新安中学堂教习。著有《唱歌集》《词曲与歌唱》等。

　　吴　梅（1884—1939）　字瞿安，晚号霜厓。江苏长洲（今苏州）人。1912 年 3 月 20 日由柳亚子介绍入社，入社书编号 236。著名曲学大师。肆力于诗古文词，并喜读曲。撰《血花飞》传奇，歌颂戊戌六君子，后又写《轩亭秋》杂剧、填《小桃红》曲，以悼秋瑾。辛亥革命后，先后任教于南京第四师范、上海民立中学。1917 年后，历任北京大学、东南大学等校教授，主讲古乐曲。今有《吴梅全集》行世。

吴　幹（1884—？）　字小枚。广东嘉应州（今梅州）人。1911 年 6 月 14 日由高旭、朱少屏介绍入社，入社书编号 156。

吴　虞（1871—1949）　字又陵，号爱智。四川新繁（今并入新都）人。1917年3月12日由柳亚子、谢无量介绍入社，入社书编号834。1905年赴日求学，始抗言非孔。1907年任成都府立中学等校教员，一度主编《蜀报》，时在报上发表反孔、非孝、非礼议论。辛亥革命后，在《新青年》发表系列文章，对封建礼教予以严厉抨击，因而被称为"只手打孔家店的老英雄"。历任北京大学、北京师范大学以及四川大学等校教授。著有《吴虞文录·别录·日记》《秋水集》等。

吴　鼎（1890—1930）　字定九。江苏嘉定（今属上海）人。1912 年 11 月 24 日由朱少屏、胡寄尘、王培孙介绍入社，入社书编号 361。1911 年上海南洋中学毕业后留学日本，入名古屋高等工业学校习土木工程。1919 年供职于北京市政公所，兼职经营《京报》。著有《新闻事业经营法》等。

  吴　鼐（1878—1915）　字慕尧，号虎头。贵州黎平人。
未填写入社书，编号 45。廪生，习桐城派古文颇有名。曾为
读山训导。光绪末年，由贵州德政中学，考送京师大学堂肄
业。1912 年加入中国同盟会。任天津《国风日报》编辑（一
说主笔）。以攻击袁氏阴谋称帝，报馆被封，逃匿天津。二次
革命充南京总司令部秘书。失败后走避上海，有所谋划，被
奸人告发，被逮解往北京。1915 年正月初六就义。

　　吴子垣（1883—1944）　字少薇，号刚父。广东香山
（今中山）人。1917 年 5 月 10 日由刘超武、蔡守介绍入社，
入社书编号 893。青年时赴澳门、加拿大等地经商，后办学
堂，组织体育会。1909 年归国，曾组织革命军，入广东北伐
军。1917 年任广东军政府自卫局局长。1919 年后，在上海
受命与人组织中国国民党第一分部，创办《评论日报》等。
1923 年后任国民党上海市党部执委兼组织部部长等职。1926
年参加孙文主义学会。后在沪粤两地兴办义校、商校。

　　吴有章（1883—？） 字镜予，号漫庵。江苏武进人。
1912年10月21日由陈蜕庵、胡寄尘、姚鹓雏介绍入社，入
社书编号320。

　　吴沈时（1888—？） 号企彭。浙江嘉善人。1917 年 6 月由郁佐梅介绍入社，入社书编号 921。

　　吴沛霖（1884—1925）　字泽庵。广东揭阳人。1913
年3月16日由高燮、姚光、高旭介绍入社，入社书编号
367。清末秀才。先后就读榕江书院、韩山学校、省立师范
学校。一生从事教育，曾到暹罗、新加坡等地任教。工诗，
能画，尤擅长墨梅。著有《谈艺录》《梅禅室诗存》《人隐庐随
笔》等。

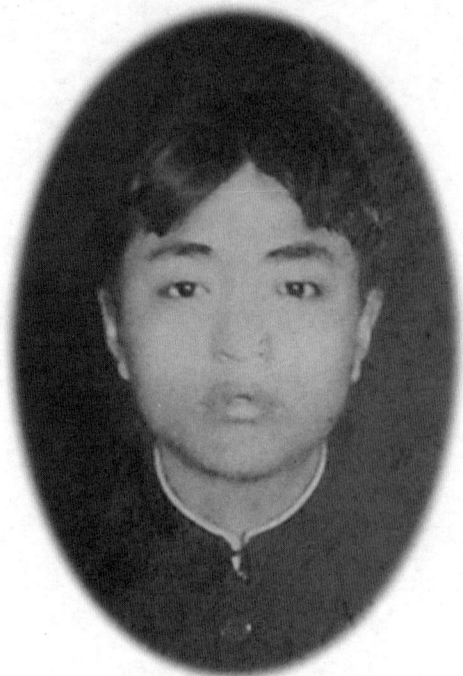

　　吴修源（1884—?）　号信三。江苏金山（今属上海）人。1912 年 3 月 5 日由柳亚子、陈陶遗、俞剑华介绍入社，入社书编号 223。中国同盟会会员。

　　吴豹军（1888—1949）　名相融，字豹军。江苏吴江人。
1910 年 12 月 18 日由朱少屏、柳亚子介绍入社，入社书编号
103。早年入同里自治学社，加入柳亚子发起组织的自治学
会，创办《自治报》（后改名《复报》）。1906 年春，赴上海
就读健行公学，最后毕业于南洋公学。1911 年 12 月，为支
持北伐，与人发起组织书画助饷会，积极筹集经费。1927 年
6 月至 1930 年 4 月，任昆山县县长。后来，二度出任该职。
抗战期间，在重庆国民党中央党部任职。

　　吴恭亨（1857—1937）　字悔晦，号岩村。湖南慈利人。1917 年 1 月 1 日由傅熊湘介绍入社，入社书编号 782。一生以游幕、教读为业。庚子年八国联军入侵时，曾牵连陷狱。辛亥革命后，曾被推为湖南特别省会议员。工诗。著有《弹赦集》《慈利新志》等。

    吴家骅（1893—1937） 字介庵。江苏吴江人。1917年2月15日由黄复介绍入社，入社书编号808。1915年袁世凯图谋称帝时，在家乡加入酒社，狂歌痛饮。吴宅堂号乐寿堂，其言晤一室，专为会客而设，每隔旬日半月，此室总是高朋满座，诸友谈及国事，每每义愤填膺，慷慨激昂，化作文字。吴宅的乐寿堂，是柳亚子的磨剑室、周云的开鉴草堂之外，南社社友在黎里的又一个集会场所。

　　吴梦非（1893—1979）　幼名贻縠，学名翼荣。浙江东阳人。1916年9月由李叔同介绍入社，入社书编号697。1915年任教上海城东女校。1919年，与丰子恺和刘质平，创办上海专科师范学校，任校长。又成立中华美育会与全国艺术协会，创办《美育》杂志，任总编辑。1926年后，任教春晖中学、杭州高级中学等校。1933年任上海美专教务主任。新中国成立后曾任教杭州文德中学。1955年任上海音乐学院教务处副主任。今有吴嘉平辑《圆梦集》行世。

　　吴清庠（1878—1961）　字眉孙。江苏丹徒人。未填写入社书，编号26。与赵声同乡又复同学，赵参与黄花岗之役，劝其同往，清庠以有老母辞，赵斥责其"没出息"。他尝告人，引以自疚。一度任梁士诒的秘书，寓居北京，搜罗张勋复辟、洪宪帝制许多文献，认为这是他日编民国史的重要资料。藏书数万卷，颇多佳椠。晚年寓居沪西张家花园，和冒鹤亭、高吹万时相唱酬。所有藏书，后均让归公家。著有《寒芋词》《绿么韵语》等，均未刊行。

吴履泰（1893—？） 字砥如。广东揭阳人。1917 年 2
月 12 日由蔡守介绍入社，入社书编号 806。

何　昭（1877—1966）　字亚希，号亚君。江苏金山（今属上海）人。高旭夫人。1909年10月入社，入社书编号4。早年入上海务本女中。课余泛览新书新报，倾向新潮。1906年高旭任教健行公学，即举行新式婚礼。其后任教家乡钦明女校。辛亥革命后，高旭膺选众议院议员，几次相偕北上南下。抗战前后，迭任教职，辗转流徙，生活动荡。新中国成立后，经柳亚子推荐，受聘为上海市文史馆馆员。著有《华曼室诗》，已佚。

　　何　痕（1893—？）　字竞南，号钟伊，别号瘦秋。江苏金山（今属上海）人。1910 年由高旭介绍入社，入社书编号64。著见《南社丛刻》。

　　何聿慈（1887—？）　字震生。江苏金山（今属上海）人。1909 年由高旭介绍入社，入社书编号 24。1911 年毕业于上海南洋中学。曾赴南洋群岛爪哇、泗水，在华侨商会办的中华学校任教。著见 1915 年《甲寅》月刊。

　　余　湘（1907—1997）　字选初，号小眉。浙江嘉善人。
1917 年 3 月由郁世羹、余其锵介绍入社，入社书编号 838。
早年入上海大同大学，后转入南京中央大学。毕业后，先后
任南京女中、无锡女中等校英语教师。1981 年，由友人推
荐至宁波天一阁工作，编目、抄录，默默为该藏书楼做了
大量工作，使范氏原藏的大概样貌逐渐清晰起来。1997 年
2 月 25 日，投水弃世而逝。著有《我和天一阁》《柳亚子轶
事》等。

　　余　鲲　字华龛。湖南宁乡人。1913年4月由陈家鼎、高旭介绍入社，入社书编号369。著见《南社丛刻》，又见1913年《文史杂志》。

余天遂（1879—1930）　原名寿颐，字祝荫，号荫阁，又号颠公。江苏昆山人。1910 年 8 月由柳亚子介绍入社，入社书编号 63。出身中医世家，精通岐黄之术。民国元年，任南京临时大总统府秘书。北伐时，佐姚雨平戎幕，驰驱徐宿间，赋诗横槊，多苍凉激越之音。和议既成，任《太平洋报》编辑。袁世凯复辟帝制，回苏州，任教草桥中学，后又任教于上海澄衷中学。天遂解音辨律，深入堂奥，又能画墨梅和山水，擅长书法，亦擅刻印。著有《余天遂遗稿》。

　　余其钰（1890—1978）　字辛甫。浙江嘉善人。1916 年
11 月 11 日由余其锵、周斌介绍入社，入社书编号 721。

余其锵（1885—1960） 字秋楂，号十眉。浙江嘉善人。1914年11月29日由周斌、李云夔、孙翼云、俞剑华、冯平介绍入社，入社书编号480。早年入浙江两级师范。毕业后历任本邑与柘湖等校教职。1921年，应上海竞雄女校校长徐自华之聘赴沪任教，同时兼任南洋女师国文教师。1923年10月，与柳亚子等发起组织的新南社正式成立，十眉担任书记处书记。抗战军兴，执教嘉兴女师，后任嘉兴中学教职，新中国成立后留任，并一度任嘉兴市图书馆馆长。

狄　膺（1895—1964）　原名福鼎，字君武，别号雁月。
江苏太仓人。1914 年 3 月 29 日由沈希侠、沈道非、俞剑华、
吴豹军、冯平介绍入社，入社书编号 394。早岁参加上海光
复之役。先后毕业于江苏省立第二师范、北京大学。1921 年
赴法，1925 年里昂大学毕业。历任国民党南京市党部宣传部
长、立法委员、中央执行委员等职。去台湾后，任国民党党
史编纂委员会副主任委员等职。著有《狄君武先生遗稿》《狄
君武先生墨迹》等。

狄楼海（1874—1938）　字观沧。山西临猗人。1913 年入社，入社书编号 384。1904 年赴日本留学，后加入中国同盟会。1908 年 2 月在东京与景耀月创刊《国报》，任主编。1909 年归国后任教于京师大学堂。1912 年任陕西教育司司长，旋又当选为国会众议院议员。1917 年任护法国会众议院议员，后任北京政府国会众议院议员。1928 年被聘为山西大学文学院教授。1930 年发起成立道德学社山西分社。

  邹　鲁（1885—1954）　号海滨。广东大埔人。1916 年
由蔡守、柳亚子介绍入社，入社书编号 758。早年参加中国
同盟会，曾在广州办《可报》。广东光复后，组织北伐军，任
兵站总监。与朱执信编《民国》杂志。之后，历任广州财政
厅厅长、广东大学校长等。1924 年当选为国民党中央常委
兼青年部部长。孙中山逝世后，参与西山会议派活动。1927
年后，历任国民党特别委员会委员、中山大学校长等。著有
《中国国民党史稿》《日本对华经济侵略史》《邹鲁文存》等。

　　邹亚云（1887—1913）　名铨，字亚云，号天一。江苏青浦（今属上海）人。1910 年 4 月由高旭介绍入社，入社书编号 40。早年就读吴江同里自治学社，师事金松岑。继入浙江高等学堂，师事陈去病。辛亥革命，舍学赴沪，入《天铎报》，佐陈布雷笔政，以撰《杨白花传奇》著名。著有《流霞书屋遗集》。

    冷　遹（1882—1959）　字御秋。江苏丹徒人。1919 年
5 月 10 日由蔡守介绍入社，入社书编号 1070。早年入安徽
武备学堂，加入中国同盟会。1909 年建立同盟会广西支部。
辛亥革命后，任广西民军混成协帮统，北上援鄂。二次革命
失败后流亡日本。1915 年回国，参加护国和护法运动。后致
力于实业和教育。抗战爆发后，任国民参政会参政员，与黄
炎培等组织中国民主建国会，任常务理事。又组织中国民主
同盟，任常委。新中国成立后，任江苏省副省长等职。

　　汪　东（1890—1963）　字旭初，号寄庵。江苏吴县（今苏州）人。1912 年 3 月 13 日由黄侃、柳亚子、叶楚伧介绍入社，入社书编号 234。15 岁留学日本，毕业于早稻田大学，参加中国同盟会。民国后，历任总统府咨议等职。为章太炎高足，精音韵、训诂、文字之学，亦工书画，尤以词章名世。1927 年应聘任中央大学中文系主任、文学院长。1938 年后，任重庆复旦大学中文系教授。新中国成立后，任上海市文管会委员。

　　汪　洋（1879—1921）　字子实，号影庐。安徽旌德人。
1912 年 3 月 13 日由陶牧、朱少屏、叶楚伧介绍入社，入社
书编号 230。曾主《东三省日报》《中华民报》笔政。民国成
立后依许世英，为上海（江苏）电报局局长。喜游历，曾出
西伯利亚，至圣彼得堡，也到过台湾地区和日本。又喜集邮。
著有《西湖四日记》《病榻支离记》《台湾》等。

汪文溥（1869—1925） 号兰皋，别号忏庵。江苏武进
人。1912年4月14日由柳亚子、朱少屏、叶楚伧、宁调
元介绍入社，入社书编号252。先后参加兴中会和民社、鸥
社。1898年任《苏报》编辑，报社被封后，任湖南醴陵县令。
1906年萍醴革命军起，从中保全革命党人甚众。潮州黄冈之
役，以运动军队事被逮，得新军协统刘玉堂及陈蜕庵等营救
始释。后赴上海。民国后主《中华实业丛报》《民声日报》等
笔政。著有《汪文溥日记》《耒台集》《桃源痛史》等。

汪精卫（1883—1944） 名兆铭，字季新，号精卫。原籍浙江山阴（今绍兴）。1912年4月18日由田桐、景耀月、陈家鼎介绍入社，入社书编号260。早年参加中国同盟会，因参加暗杀清摄政王载沣被捕，武昌起义时出狱。1927年7月15日在武汉发动反革命政变。以后历任南京国民政府行政院长和外交部长等职。1938年12月，潜离重庆去越南，公开投降日本。1940年在南京成立伪国民政府，任主席。著有《汪精卫文集》《双照楼诗词稿》等。

沈　机（1888—？）　字履夷，号天民。浙江嘉善人。
1912 年 4 月 6 日由柳亚子、邹亚云、吴豹军、冯平、费公直
介绍入社，入社书编号 245。

　　　　七画　南社社友图像集

　　沈　沅（1893—？）　字诵之。江苏武进人。1912 年 9 月 9 日由陈蜕庵介绍入社，入社书编号 302。

　　沈　琨（1888—?）　字怡中。江苏嘉定（今属上海）
人。1911 年 5 月 15 日由朱少屏介绍入社，入社书编号 152。
中国同盟会会员。著见《南社丛刻》。

　　沈　镕（1886—1949）　字伯经。浙江吴兴（今湖州）人。1915年9月由胡寄尘介绍入社，入社书编号558。早年曾中秀才，入南洋法官养成所习法政。擅长诗文，爱好绘画及篆刻。1912年曾在《民权画报》发表《外债亡国》及《爱国纳捐》漫画。早年任中华书局编辑，曾编字典等。后又任职吴江农民银行，任教南浔国学讲习馆。曾与王建民发起愚社，编印《愚社唱和》二集。

　　沈　翰（1879—1967）　字懒龙，号墨仙。江苏华亭（今属上海）人。1910 年由高旭介绍入社，入社书编号 94。早年从吴公寿学画，山水花卉均能入品，尤擅梅竹，居于沪上。曾任城东坤范女中教师。合作出版有《当代名画大观》。1961 年受聘为上海市文史馆馆员。

　　沈天行（1894—？）　字怀北。江苏常熟人。1914 年 7
月由高旭、拓泽滨、姚鹓雏、冯平、狄君武介绍入社，入社
书编号 438。

　　沈文华（1869—1934）　号一均。浙江嘉兴人。1916 年
12 月 1 日由张传琨介绍入社，入社书编号 740。

　　沈文杰（1881—1960）　字龙笙。江苏吴江人。1909 年由柳亚子介绍入社，入社书编号 16。早年曾进南京、北京的新学堂，攻法律和法语。中国同盟会会员。辛亥革命后，任《太平洋报》《民国日报》编辑。北伐时从军北上，任江苏省建设厅主任秘书。新中国成立后，在苏州图书馆当义工，编英、法、德、日、俄等外文书目。今有沈立人辑《三凤堂诗存》行世。

　　沈文炯（1867—1948）　字祥之，号中路。江苏吴江人。明代戏曲家沈璟后裔。1917年9月由沈大椿介绍入社，入社书编号971。早年寓居北京，考中秀才后，多次投考未能中举。后南返故里，协助金松岑创办同里自治学社及体育会，还在自家宅内创办正则小学。该校后因财力不足停办，应聘任丽则女校校长。工诗擅画，性格豪爽。他自号中路，说是"中国的路索"（卢梭，一译路索）。抗战后期在一个煤炭公司当秘书，晚景凄凉。著有《翠娱堂野乘》。

沈尹默（1883—1971） 原名实，字尹默。浙江吴兴（今湖州）人。1917年6月由刘三介绍入社，入社书编号923。著名书法家。毕业于日本京都帝国大学。归国后，任教于浙江省立一中、浙江高等学堂及浙江两级师范。1914年赴京，任北京大学文史教授。"五四"时期参加新文化运动，为《新青年》编辑。1930年任北平大学校长。抗战期间任国民政府监察院监察委员。新中国成立后，受聘为中央文史馆副馆长。著有《秋明室诗词集》等。

　　沈次约（1894—1932）　字剑霜，一字剑双，号秋魂。
江苏吴江人。1915 年 8 月 12 日由顾悼秋介绍入社，入社书
编号 553。自幼有神童之誉，不仅擅长书法、篆刻，而且善
于诗词、丹青，与同社朱剑芒、朱剑锋、顾悼秋、周云合称
"黎村五子"，参与组织销寒社、销夏社和酒社。家境贫寒，
20 岁开馆授徒为业。1930 年，应在上海经商的盛泽徐氏之
聘，到沪上课读徐的两个孩子。1932 年暮春，休息返家，不
三日而报丧至，才知伉俪之间因细故争吵，愤而服毒自尽。

沈汝瑾（1858—1917）　字公周，号石友。江苏常熟人。未填写入社书，编号 2。光绪九年（1883）庠生。诗题《春夜宴桃李园》，有"花月醉乾坤"句，为学使激赏，遂以诗名。后沉浸诗学数十年，诗格高洁，自谓"五百年无入眼诗"。家藏金石书画，尤专于砚。所蓄古砚多前代稀世珍品，如玉溪生像砚、苏阿翠像砚（马守贞题记）、李易安像砚、黄文节公真像砚等，多由吴昌硕篆铭。后刊《沈氏砚林》。著有《鸣坚白斋诗集》。

沈昌直（1882—1949） 字次公，号颍若。江苏吴江人。1909 年 11 月由柳亚子介绍入社，入社书编号 15。1909 年初与柳亚子、沈昌眉同创分湖文社。1912 年起任教无锡第三师范学校，历时十三年。后任教于苏州中学，抗战前辞职回乡。日军侵占吴江，沈宅被毁，藏书稿本荡然无存。著有《文字源流》《存庑读书偶笔》。又与昌眉辑其父遗稿《春壶残滴》。今有沈有美辑《吴江沈氏长次二公剩稿》行世。

沈昌眉（1872—1932） 字长公，号眉若。江苏吴江人。沈昌直兄。1909年11月由柳亚子介绍入社，入社书编号14。1909年，与柳亚子、沈昌直在家乡创分湖文社。早年先后任教于芦墟陶冶学堂及黎里第四高等小学。1927年起任教于吴江乡村师范学校。年60时，及门弟子以刊其诗集《长公吟草》为寿。散著见1915年《妇女杂志》。1932年忽以中风病卒于任。今有沈有美辑《吴江沈氏长次二公剩稿》行世。

沈厚慈（1884—1915）　字冰雪，一字孝则，号澹静。广东番禺人。1910 年由蔡守介绍入社，入社书编号 76。曾与卢谔生共任广州《群报》主编。后被军阀所陷，系于广州高华里看守所，死于狱中。著有《在莒吟草》《悼亡诗百绝》。

　　沈钧儒（1875—1963）　字秉甫，号衡山。浙江嘉兴人。1912年8月7日由陈去病、徐自华、张恭介绍入社，入社书编号287。光绪三十年（1904）进士，留学日本。1907年学成归国，参加辛亥革命，加入中国同盟会。曾任上海法学院教务长，同时执行律师业务，参加发起组织中国民权保障同盟。1936年与邹韬奋等七人被捕，史称"救国会七君子事件"，抗战全面爆发后出狱。新中国成立后，任最高人民法院院长、全国人大常委会副委员长等职。

沈流芳（1897—1976） 字体兰。江苏吴江周庄（今属昆山）人。1918 年 7 月 4 日由柳亚子介绍入社，入社书编号 1030。1918 年考入东吴大学，后留学英国。1931 年任上海麦伦中学校长。抗战爆发后，加入宋庆龄发起的保卫中国大同盟，前往印度、英、美等国参加国际会议，呼吁支持中国抗战。上海沦陷，辗转多地艰难办学。1946 年夏返回上海，发起组织上海大学教授联合会，积极支持学生爱国民主运动。新中国成立后，先后任全国政协委员、上海市体委主任等。

　　沈琬华（1892—?） 字范娟。浙江嘉善人。余其锵夫人。1917年3月由余其锵、周斌介绍入社，入社书编号837。

　　沈道非（1879—1946） 字勉后，号道非。浙江嘉善人，侨居江苏金山（今属上海）。1909 年 11 月由柳亚子介绍入社，入社书编号 10。南社虎丘首次雅集十七位参与者之一。中国同盟会会员。与秋瑾、陶成章相友善，秋、陶遇难后，举行私祭。民国初年任国民政府秘书，为上海《国民新闻》成员。1946 年冬，在南京寓所，因取暖煤气中毒身亡。

　　沈德镛（1898—1972） 字禹钟。浙江嘉善人。1918年
2月14日由余其锵介绍入社，入社书编号1019。自幼好学，
毕业于嘉兴中学。1926年受聘于嘉善县立初级中学，后任职
上海商务印书馆编译所。擅诗，又工书法。其短篇小说、杂
文多在沪上报刊发表。又曾任南方大学教授。抗战时期投笔
从商。多次从上海赶回西塘，参加南社社友聚会，并常为家
乡的《平川》《乡心》等报刊撰稿。著有《沈禹钟小说集》《游
侠新传》《萱照庐诗文稿》等。

　　宋　琳（1887—1952）　字克强，号紫佩。浙江绍兴人。
1911年4月22日由陈去病介绍入社，入社书编号141。早
年就读于杭州浙江两级师范学堂。后在绍兴府中学堂与陈去
病等组织匡社，又与鲁迅等一起组织越社。绍兴光复后，参
加《越铎日报》工作。后办《民兴日报》《天觉报》。1913年
到北京，由鲁迅介绍入京师图书馆分馆。1919年间兼任北京
第一监狱教诲师。鲁迅离京后曾托其照顾京寓。1930年春后，
鲁迅和京寓往来书信，大多由其代写代转。

　　宋大章（1888—1955）　字襄公，号辽鹤。辽宁广宁（今北镇）人。1916 年 7 月 18 日由景定成、杜羲介绍入社，入社书编号 652。1905 年留学日本，入东京陆军士官学校，后加入中国同盟会。辛亥革命后任关东都督府秘书长。1917 年任广州海陆军大元帅府咨议。1921 年任非常大总统特派驻奉天联络员。1928 年冬曾会同国民政府代表张群、吴铁城面晤少帅张学良，促使张宣布"东北易帜"。后任上海市政府机要秘书，兼淞沪警备司令部办公厅主任。

　　宋教仁（1882—1913）　字钝初，一号渔父。湖南桃源人。1911年8月4日由朱少屏介绍入社，入社书编号164。1904年与黄兴等创立华兴会。后在日本加入中国同盟会。1911年4月赴港，参加筹备广州起义。7月与谭人凤等在沪组织同盟会中部总会。武昌首义后到南京，筹组中央临时政府，临时政府北迁，任农林总长。同盟会改组国民党，任代理理事长。后主张成立责任内阁制，制定民主宪法，反对袁世凯专权。1913年3月被袁派人刺杀。

　　宋铭谷（1881—？）　字绳祖，号诒于。江苏长洲（今苏州）人。1911年2月12日由陶赓照介绍入社，入社书编号120。

宋痴萍（1885—1926） 名一鸿，字心白，号痴萍。江苏无锡人。1912年8月29日由傅熊湘、黄钧、郑泽介绍入社，入社书编号294。早年就读上海南洋公学，曾参加云社、春柳剧社。一度客居长沙，编辑《长沙日报》，与宁调元、傅熊湘往还，多唱和之作。后在上海执教湖州旅沪公学，晚年赋闲家居。邑人吴某办《新无锡报》，招其任编辑。痴萍每日写笔记数百字，排日连载，颇受读者欢迎。著有《如此江山》《是非图》等。

　　张　农（1877—1927）字都金，号鼎斋。江苏吴江人。1917年9月3日由陈洪涛介绍入社，入社书编号954。自小喜好吟咏，与四位堂兄弟并称"葫芦兜五子"。早年旅居秦淮，供职南京造币厂。后返乡办村塾。1915年起，执教黎里女子高小。1919年应柳亚子之请，为其三妹公权教授国文。1927年"四一二"反革命政变，其长女、中共党员张应春在南京惨遭杀害，哭女致疾，当年呕血而亡。今有金建陵、张末梅校注《葫芦吟草》行世。

　　张　翀（1888—？）　字云林，号东谷，晚号晚翠老人。
江苏松江（今属上海）人。1916年5月20日由柳亚子、姚
鹓雏介绍入社，入社书编号607。

　　张　恭（1877—1912）　字同伯。浙江金华人。1912 年
8 月 22 日由陈去病、柳亚子介绍入社，入社书编号 292。早
年创设"积谷会"和"千人会"，联络会党，并加入光复会。
1907 年与徐锡麟、秋瑾等共组浙东光复军，准备发动武装起
义。徐、秋遇难后，被通缉，旋赴日本。1908 年归国，约熊
成基等谋起义，不意谋泄，被端方所捕。武昌起义后获释，
乃召集旧部，拟北伐，而议和告成，遂至杭州任同盟会浙江
支部长，并创办《平民日报》。后因操劳过度病逝。

张　洛（1893—1931）　字倾城。广东合浦（今属广西）人。蔡守夫人。1917 年 2 月 7 日由郑佩秋、郑佩宜介绍入社，入社书编号 800。能诗词，工书画。诗书画作品时见于《东方杂志》。

　　张　浩（1881—1938）　字雨樵。浙江东阳人。1913 年由杭辛斋、陈去病、高旭介绍入社，入社书编号 381。日本警监学校毕业。辛亥革命后，任浙江省警察厅厅长。1913 年当选国会众议院议员。1917 年任护法国会众议院议员。1922 年北京国会恢复时，再任众议院议员。

  张 烈（1883—1977） 原名廉，字云雷。浙江乐清人。1911 年 6 月 16 日由何震生介绍入社，入社书编号 157。1905 年留学日本早稻田大学，先后参加中国同盟会和光复会。1908 年赴南洋群岛爪哇、泗水中华学校任教，编辑发行《汉文日报》。武昌起义后返回国内，担任浙军与沪军、苏军之间联络员，为江浙联军攻打南京做出贡献。民国成立后，被选为浙江省参议院议员。新中国成立后，曾被选为乐清县人大副主任和浙江省政协委员。著有《辛亥革命见闻琐谈》。

　张　继（1882—1947）　原名溥，改名继，字溥泉。河北沧州人。1912 年 3 月 23 日由陈家鼎、柳亚子、景耀月介绍入社，入社书编号 238。1903 年，因与邹容等在日本剪去留学生监督姚文甫发辫，被逐归国。1904 年赴长沙，与黄兴等创立华兴会。次年在日本参与组织中国同盟会。辛亥革命后回国，任第一届参议院议长等。1924 年当选国民党第一届中央监委。孙中山逝世后，参与西山会议派活动。之后，历任国民政府司法院副院长等职。

　　张　素（1877—1945）　字挥孙。江苏丹阳人。1911
年 2 月 6 日由林立山介绍入社，入社书编号 113。时在上海
《南方日报》《新闻报》任职。不久，应同社陶牧等邀，远赴
东北主持《远东日报》笔政。1917 年返回江南。1936 年任
上海交通银行三十年行史编撰。抗战爆发后，返回故里。晚
年以著述吟咏自娱。著有《瘦眉词卷》《婴公文存》《闷寻鹦
馆诗抄》等。今有金建陵、张末梅编校《南社张素诗文集》
行世。

  张　焘（1881—？）　字季鸿，号冥飞。湖南长沙人。
1915 年 5 月 24 日由丁三在介绍入社，入社书编号 527。工
诗文，同社冯春航曾从其学。又擅医术，曾悬壶应诊，能治
疑难杂症。一度任南方大学教授。"八一三"淞沪战争爆发后
离沪，客死他乡。著有《历代儒医象志》《江湖剑侠传》《十五
度中秋》等。

　　张一鸣（1883—1937）　原名长，号心芜，一作心抚，别署洗桐。浙江桐乡人。1911 年 10 月 12 日由周亮才、杨锡章、陶赓照介绍入社，入社书编号 197。其父以书法名，少承家学。精诗文，擅书法。曾与戚牧等同学。后至上海，拜帮会大头领黄鑫斋为师，深得黄之宠爱，倚为智囊、秘书。为人有江湖侠气，接触革命党人，与柳亚子等交厚。与长沙张焘并称"南社二张"。著有《洗桐随笔》。

　　张开儒（1879—1935）　字藻林。云南巧家人。1917 年
3 月 25 日由蔡守介绍入社，入社书编号 846。留学日本，加
入中国同盟会，毕业于士官学校。1908 年回国。历任云南讲
武堂教官、提调。武昌起义时参加云南首义。后任军务院滇
军第三师师长、护法军政府陆军部长、云南北伐军副总司令。
1927 年任云南省政府高级顾问。后潜修佛典。著有《滇军旅
粤七载》。

　　张汉英（1872—1915）　字惠芬，号惠风。湖南醴陵人。1911 年 10 月 10 日由傅熊湘、黄钧、阳兆鲲介绍入社，入社书编号 194。1904 年留学日本青山实践女校师范班，1905 年加入中国同盟会。武昌起义时与唐群英等在上海组织女子后援会，并成立女子北伐队。辛亥革命后，与唐群英等联袂在长沙创立中国女子参政同盟会，创办《女权日报》。1913 年与陈德辉等发起万国女子参政会中国部会，创刊《万国女子参政会旬报》。1914 年回家乡创办醴陵第一所女子学堂。

　　张光厚（1881—1932）字荔丹，号天民。四川富顺人。
1909 年由俞剑华介绍入社，入社书编号 58。工诗，并擅
书法。早年留学日本早稻田大学习法律，参加中国同盟会。
1916 年元旦创作《丙辰岁首感怀》组诗 18 首，矛头直指袁
世凯。1924 年后回到四川，曾任遂宁县县长、崇庆县征收局
局长、四川省政府秘书等职。著见《南社丛刻》等。

张传琨（1889—1961） 字卓身，号子石。浙江平湖人。1911 年 2 月 18 日由陈其美介绍入社，入社书编号 126。清末秀才，从章太炎学文，从霍元甲习武。后赴日攻读，参加中国同盟会。上海光复时，曾与陈其美等攻打江南制造局。后息影故乡。

　　张佚凡　字逸帆，又随母姓林，名宗雪。浙江平湖人。1910年8月入社，未填入社书社友，编号10。曾任教上海尚侠女校。南社第三次雅集时，被选为南社庶务。光复时任女子北伐队队长，随同尹维峻的浙江援宁军会攻南京。南京光复，女子北伐队受到孙中山的检阅。民国建立，在《妇女时报》发表《女子参政同志会宣言书》等文稿。

　　张启汉（1885—1972）　号平子。湖南湘潭人。1916
年6月6日由傅熊湘、黄钧、龚尔位介绍入社，入社书编
号648。辛亥前肄业湖南高等专门学校，加入中国同盟会。
1911年任《湖南公报》记者。1914年参加《公言》杂志编
辑事务。次年刘人熙等创办湖南《大公报》，延张任主笔。
1927年《大公报》因抨击军阀政治而被封，避居武汉。1929
年复刊，回长沙任社长，直至1947年底停刊。曾独立一人
编辑四版稿子。新中国成立后，受聘为湖南省文史馆馆员。

　　张志让（1893—1978）　字季龙。江苏武进人。入社时间及介绍人不详。1915 年留学美国，先后入加利福尼亚大学文科学院，哥伦比亚大学法律系，又往德国柏林大学深造。1921 年归国，任北京大理院推事。后在上海执行律师业务。1932 年起任复旦大学法律系主任。"七君子事件"发生后，担任辩护律师。1940 年到重庆，回复旦任教。1946 年随校回沪，发起组织教授联谊会。新中国成立后，1951 年任最高人民法院副院长。

　　张我华（1886—1938）　字我华。安徽凤阳人。未填写
入社书，编号 32。早年留学日本，毕业于明治大学法科。
1905 年 7 月出席中国同盟会筹备会。归国后历任吉林省立法
政学校教员，上海《神州日报》记者。1913 年至 1916 年在
东京辅助孙中山组建中华革命党。1918 年 2 月任广州护法军
政府大元帅府参议。1924 年后历任参议院秘书长、外交部常
务次长、代理内政部部长。抗战全面爆发后，在宣城组织抗
敌后援会。1938 年 11 月 26 日遭日机轰炸遇难。

张远煦（1875—1935）字笠琴，号悔庵。广东番禺人。
1917 年 1 月 1 日由蔡守、胡熊锷、刘超武介绍入社，入社书
编号 780。1935 年又参加南社广东分社。

张相文（1867—1933） 字蔚西。江苏泗阳人。1916 年由高旭介绍入社，入社书编号 759。中国同盟会会员。清末任南洋公学教习，创办东文学堂，任寿州商校校长、淮阴江北师范学堂教务长、北洋女子高等学堂教务长。1912 年专任中国地理学会会长，当选为国会议员。后任北京大学国史馆编译、江苏通志局编纂。著有《白耷山人年谱》《佛学地理志》及《南园丛稿》等。

张庭辉（1882—？） 字雅言，号彦成。浙江嘉善人。
1911 年 2 月 13 日由孙鹏介绍入社，入社书编号 123。

张修爵 字遵午。江苏江宁人。1917 年 6 月由陈世宜、俞剑华介绍入社，入社书编号 910。

张通典（1859—1915） 字伯纯。湖南湘乡人。1914 年由朱少屏介绍入社，入社书编号 467。1889 年任江南水师学堂提调，致力于改革图强。后与章太炎等人在上海味莼园发起国学会。参与筹办江南制造局、广方言馆。后任两江学务处参议，倡办养正学堂、女塾及湖南旅宁公学。旋又出任芜湖皖江中学监督。南京临时政府成立，任内务司长及大总统府秘书。政府北迁后，归隐以终。著有《匡言十卷》《天放楼文集》《志学斋笔记》等。

　　张家珍（1881—1929 前）　字聘斋。江苏金山（今属上海）人。1912 年 4 月 11 日由朱少屏介绍入社，入社书编号248。著有《鹃唳草》。

张维城（1895—1942）字廷珍。江苏青浦（今属上海）人。1916 年 9 月 1 日由胡朴安、胡惠生介绍入社，入社书编号 679。先后毕业于吴淞中国公学、北京大学。曾赴日本考察。后任清华大学总务长兼教授，又先后供职于财政、外交、交通三部。1922 年任国务院秘书。次年曾随王正廷赴日。回国后任吴淞中国公学及上海法科大学教授。1928 年任国民政府外交部情报司长。次年任驻朝鲜汉城总领事。任职期间曾直接处理"朝鲜排华惨案"。后任国民政府审计部审计。

　　张锡佩（1892—1982）　字圣瑜。江苏吴江人。1916年2月由钱祖宪介绍入社，入社书编号581。早年与范烟桥在吴江发起油印报纸，初名《元旦》，继改《惜阴》，又扩充为《同言》，两三年后改用铅字排印，为吴江报纸之首创。著有《四十无闻》。

　　　　　　　　七画　南社社友图像集

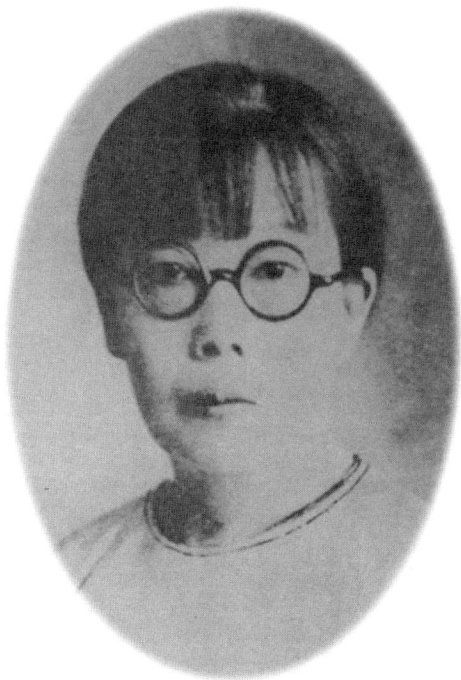

　　张默君（1883—1965）　字默君，号涵秋。湖南湘乡人。1911 年 12 月 20 日由陈去病、傅熊湘、柳亚子介绍入社，入社书编号 200。中国同盟会会员。辛亥革命时，赴苏州说督抚程德全起义，创办《大汉报》。之后，倡女子北伐队，发刊《神州女报》，创办神州女校。1918 年赴美，入哥伦比亚大学专攻教育学。1920 年回国，任上海《时报》副刊《妇女周刊》编辑。1935 年当选国民党中央监委。书法工行草，秀丽逸致。著有《正气呼天集》《红树白云山馆词》等。

　　陆子美（1893—1915）　名遵熹，字焕甫，以号行。江苏吴县（今苏州）人。1914 年 5 月 26 日由柳亚子介绍入社，入社书编号 415。原为江苏师范高材生，后投身新剧活动，演悲旦。曾与冯春航同演《血泪碑》，名重一时。又擅演《红鸾禧》《恨海》《家庭革命》等。柳亚子有《梨云小录》，以记载与陆子美遇合因缘，并为刊《子美集》。卒后，亚子又撰《陆生传》。演戏之外，亦能作水彩画，曾为亚子绘《分湖旧隐图》，南社社员题咏者数百人。

　　陆丹林（1894—1972）　字自在。广东三水人。1916 年
12 月 12 日由蔡守、胡熊锷介绍入社，入社书编号 750。幼
时读书于达立学堂，后入广州培英学校。1911 年广州起义前
参加中国同盟会。性喜书画文物，擅长美术评论，亦善书法，
又熟谙文史。曾任上海中国艺专、重庆国立艺专教授等。先
后主编《大光报》《中国晚报》《道路月刊》《国画月刊》《逸经》
《广东文物》《人之初》等刊。著有《革命史谈》《从兴中会组
织到国共合作史料》《新文化运动与基督教》等。

陆灵素（1883—1957） 字恢汉，号灵素，别署繁霜。
江苏青浦（今属上海）人。1916 年 7 月补填入社书，入社书
编号 641。早年就读于上海城东女校，1906 年赴安徽芜湖，
与陈独秀、苏曼殊一起任教于皖江女校。组织妇女复权会，
发起创办《天义报》，提倡女界革命。1910 年，与义葬邹容
的刘三结为伉俪。1938 年刘三病逝后，灵素呕心沥血搜求整
理其遗作，历经坎坷，终于在 1946 年冬辑成油印本《黄叶
楼遗稿》。该稿后由国际南社学会刊印行世。

　　陆明桓（1902—1929）　字简敬，号苏斋。江苏吴江人。
1918 年 5 月 28 日由陈洪涛介绍入社，入社书编号 1029。早
年患狂易疾，但特娴文学，痊愈之后，学业猛进。师事沈昌
直，深得指导。与昌直一起创办求是学社，出版《求是学社
社刊》。又慷慨好义，喜好刊印先贤著作，诸如《松陵陆氏丛
著》十种等。著有《苏斋遗稿》。

陆明堃（1887—？） 字简能。江苏吴江人。陆明桓兄。
1916 年 6 月 4 日由杨锡章介绍入社，入社书编号 616。

　　陆绍明（生卒年不详）　字亮人。浙江杭县（今杭州）人。未填写入社书，编号3。国学保存会成员，曾主《国粹学报》笔政，是清末民初十年间活跃的史学批评家之一。曾为吴趼人等创办的《月月小说》月刊撰写《发刊词》，在《国粹学报》发表的长文《史学稗论》连载四期，被认为是一篇中国古代野史论。1915年在《双星》发表《对各国自尊之感言》等文，强调自尊之心，乃立国之本。1915年隐于西湖之畔，此后逐渐淡出学术界。著有《汉文大典》。

陆峤南（1887—？） 字侠飞，号更存。广西容县人。1916 年由高旭、邵瑞彭介绍入社，入社书编号 598。1924 年后又参加南社湘集。

陆曾沂（1883—1927） 字冠春，号秋心。江苏崇明（今上海）人。1910 年 12 月 18 日由柳亚子、朱少屏介绍入社，入社书编号 102。1903 年入上海爱国学社。1905 年入复旦公学，毕业后，先后任该校及务本女中、禅文女塾等校国文教员。1909 至 1910 年，任《民呼》《民吁》《民立》三报主笔。1917 年，任复旦大学中国文学系教授，同时兼任《民国日报》编辑。1927 年，任南京国民政府参军处参军。著有《秋心说部》《葡萄劫》《墨沼疑云录》等。

陆福庭（1885—1960） 字心亘。安徽灵璧人。1917 年
10 月由徐世阶、陈釜介绍入社，入社书编号 978。早年就读
安徽凤阳府学、南京两江师范学堂。1912 年投笔从戎，入保
定陆军军官学校。毕业后，任北京陆军大学战术教官等职。
1916 年赴广州，任黄埔军校第一期教官。北伐期间，任东路
讨贼军团长、旅长。1947 年被授陆军中将军衔，当选立法院
立法委员及交通部顾问。因长期兴学济贫，颇受乡人称道。
著有《交通战史》。

　　陆澹盦（1894—1980）　字剑寒，号澹盦。江苏吴县（今苏州）人。1915年5月5日由胡寄尘、孙延庚介绍入社，入社书编号499。早年师事孙延庚，于新学之外兼修诗词古文。青年时期，于民俗民间文化颇多着意，曾致力小说、戏剧、弹词、电影剧本的创作，亲任导演编排京剧和电影，创办报刊、影业公司、学校等。抗战期间，致力于金石考证和经史子集的学术研究。著述甚多，诸如《群经异诂》《红楼梦抉误》《啼笑因缘正续集弹词》等。

　　陈　言（1893—？）　字绍虞。湖北安陆人。1917 年 10
月 13 日由谢英伯介绍入社，入社书编号 1039。民初在上海
任《民权报》编辑。1943 年 8 月至 1945 年 3 月任社会部总
务司司长。1945 年 2 月任江苏省政府秘书长。1945 年 10 月
任江苏省政府委员兼秘书。

　　陈　柱（1890—1944）　原名郁瑞，字柱尊。广西北流人。1911年10月12日由谭作民、傅熊湘、黄钧介绍入社，入社书编号196。早年就读于南洋公学，师事唐文治。留学日本，毕业于成城学校，课余治诗文，访求古书。加入中华学艺社。主辑《学艺》《国学杂志》《学术世界》。历任无锡国专、大夏大学、暨南大学教授等职，又任广西大学筹备委员、安徽大学校长、交通大学中文系主任。治学之外，又工书法，擅魏碑。著有《守玄阁诗钞》《研究国学之门径》等。

陈　钝（1886—？）　字鲁德。甘肃秦州（今天水）人。
1910 年 4 月由陈去病介绍入社，入社书编号 191。

　　陈　淮（1871—1955）字觉殊。浙江嘉善人。1917年3月26日由王德钟、郁世勠、余其锵介绍入社，入社书编号850。清末诸生。酷爱诗词，尤喜作词。擅书画，尤精人物，亦画山水花鸟，并得元明各家之长。惟不轻与人，墨迹流传甚少。

　　陈　崟（1885—1964）　字金山，号心冷。江苏宿迁
人。1917 年 2 月 27 日由徐世阶介绍入社，入社书编号 816。
1910 年春入两江师范学堂。辛亥革命爆发后到安徽滁县任
教。一生转任多职，但是捐资助学的传统不变。平时生活艰
苦，主要收入用于帮助贫困学子。1928 年与蒋介石、蔡元培
等一起列名，发布《临清武训学校募捐启》，呼吁社会各界勇
于捐助，建设武训学校。上海解放后，入南京军政大学学习，
后分配山东益都中学任教。

  陈　锐（1879—1951）　字次青。江苏吴江人。1914年
6月5日由金光弼介绍入社，入社书编号423。清末秀才。
应盛泽仁寿堂国药铺钮家聘请，入钮家私塾任教，培养出不
少有进步思想的学生，其中的钮擎球，思想激进，随同一起
加入新南社，后在抗战时期英勇牺牲。抗战期间，陈锐积极
参与筹备创立私立盛湖初级中学。当时汪伪政府规定，凡登
记注册的教师，可领取政府发放的薪金。陈锐等坚持民族气
节，不向伪政府登记，甘愿奉献自身的财力。

　　陈　樗（1885—1923）　字药叉，号越流。浙江诸暨人。
1914 年由柳亚子介绍入社，入社书编号 469。其兄弟六人，
同隶南社。1923 年至沪上，喜涉足梨园，揄扬冯春航，由柳
亚子介绍和春航订交。月余欲作归计，春航劝阻，说可留沪
鬻书，即移寓春航家中。陈樗体质素弱，自堕地直到中年，
不离药饵，因自号"药叉"。这年 9 月积食致疾，误于庸医，
10 月客死沪上。著有《春航谈》。

陈九韶（1872—1968） 字雯裳。湖南郴州人。1913年2月由陈家鼎介绍入社，入社书编号368。国立法政学校政治经济科毕业。1913年当选众议院议员。1917年任护法国会众议院议员。1922年北京国会恢复时，仍任众议院议员。新中国成立后，受聘任湖南省文史馆馆员。

　　陈大年（1882—?） 字萝生。广东南海人。1916 年 11
月 24 日由蔡守、胡熊锷介绍入社，入社书编号 732。民国初
年主持广州《中华新报》。三十年代在广州执行律师业务。曾
参加考古学社。

　　陈万里（1892—?） 字剑魂，号优优。江苏吴县（今
苏州）人。1912 年 4 月 2 日由陈去病介绍入社，入社书编号
242。撰著见于 1914、1915 年间《民权素》及《戏剧丛报》
等刊。

陈子范（1883—1913）　字勒生，号祢生。福建闽侯人。1911 年 1 月 25 日由柳亚子介绍入社，入社书编号 111。早年习海军，加入中国同盟会。供职芜湖税关，后奉调上海。宋教仁被刺后，讨袁军四起，制炸弹时不慎自炸而亡。生前曾主《皖江日报》。卒后柳亚子为辑《陈烈士勒生遗集》，并撰传。

　　陈士髦（1876—?）　字彦甫，号宴佛。江苏邳县人。未
填写入社书，编号 5。1906 年任教江北师范学堂。对音韵学
研究造诣甚深，曾参与国音（注音符号）制定工作。中华民
国成立后，当选第一届国会议员。1923 年前后，以国会议员
身份参加宪法研究会。1940 年 5 月，与其他民主人士一起营
救被捕的共产党人。是年冬，与人在古邳发起成立峄阳诗社，
出刊《峄阳诗钞》。1944 年 12 月，作为爱国民主人士参加邳
睢铜参议会，被推选为驻会委员。著有《美人风筝诗集》。

　　陈以义（1876—1915）　字仲权，号西溪。浙江嘉善人。
1913 年 4 月由周珏、杭辛斋介绍入社，入社书编号 376。
1905 年东渡日本，就读早稻田大学，加入中国同盟会。辛亥
革命后，任嘉兴军政分府军法科长，后曾任国民党嘉禾县支
部长。1915 年 10 月 7 日，被袁世凯重金收买的山东军阀张
宗昌杀害。著有《倚云楼诗稿》《西洋革命史》。

陈世宜（1883—1959） 字小树，号倦鹤、匪石。江苏江宁人。1912年4月25日由柳亚子、朱少屏、苏曼殊介绍入社，入社书编号264。1906年留学日本，加入中国同盟会。1908年任教于苏州江苏法政学堂。后赴槟榔屿任《光华日报》记者。1913年归国，历任上海《民权报》、北京《民苏报》《民国日报》记者等。1927年任上海持志大学教授。1948年任中央大学教授。新中国成立后，被上海市文管会聘为通信编纂。精于词学，著有《陈匪石先生遗稿》《宋词举》等。

陈去病（1874—1933） 字病倩，号佩忍，别号巢南。江苏吴江人。1909 年 10 月入社，入社书编号 1。南社虎丘首次雅集十七位参与者之一。1898 年创办雪耻学会，后成立神交社。在日本参加拒俄义勇队，又参加中国同盟会。1909年与柳亚子、高旭创建南社。先后执教于上海爱国女校、浙江高等学堂等。参加辛亥革命、讨袁护法等活动。之后，任江苏革命博物馆馆长、东南大学教授等职。今有张夷主编《陈去病全集》行世。

陈布雷（1890—1948） 字彦及，号畏垒。浙江慈溪人。
1910 年由邹亚云介绍入社，入社书编号 69。1911 年浙江高
等学堂毕业后，到上海任《天铎报》撰述记者。不久，回宁
波效实中学任教，兼《申报》特约译述员，并加入中国同盟
会。1920 年赴沪，历任商务印书馆《韦氏大字典》编译、《商
报》编辑主任等职。1927 年，被蒋介石召任私人秘书，加入
中国国民党。历任国民党中央候补监委、中央宣传部长等职。
1948 年自杀。今有张竞无辑《陈布雷集》行世。

陈光誉（1889—1929 前） 原名天荡，字稗兰。福建长乐人。1915 年 5 月 20 日由冯春航、林之夏介绍入社，入社书编号 518。著见《南社丛刻》。

陈沔芹（1900—？） 字沔芹。广东南海人。1917年1月1日由蔡守、李孟哲介绍入社，入社书编号777。

　　陈其美（1878—1916）　字英士，号无为。浙江吴兴（今湖州）人。1911年2月18日由柳亚子介绍入社，入社书编号125。1906年赴日留学，加入中国同盟会。1908年归国，在江浙一带策动起义，创办《中国公报》《民声丛报》。1911年夏，与宋教仁等在沪成立同盟会中部总部。上海光复后，任沪军都督，组织江浙联军攻克南京。二次革命时，任上海讨袁军总司令。失败后逃亡日本，加入中华革命党，任总务部长。1916年5月18日被袁世凯遣人刺杀于上海寓所。

　　陈洪涛（1897—1920）　字淮海，号厔厂。江苏吴江人。1915 年 5 月 29 日由柳亚子、顾悼秋介绍入社，入社书编号531。洪涛生性嗜学，无书不读，所作诗文颇为奇放。1917年，孙中山在广州组织护法军政府，誓师北伐。洪涛随陈去病同往。1918 年孙中山被迫去职，二人结伴返回沪上。1920年孙中山重回广东，积极筹措非常大总统事宜。洪涛再次远道从行，投身效力。不料由粤移滇，因劳累过度病倒，终致不治而逝。著有《淮海游草》。

    陈祖基（1880—1953）　字啸湖。云南宣威人。1919 年
3 月 20 日由卢铸、蔡守介绍入社，入社书编号 1053。清末
拔贡，授广东知县。曾任云南《民报》《共和滇报》总编辑，
共和党云南支部理事。1913 年当选众议院议员。1917 年任
护法国会众议院议员。1922 年北京国会恢复时，仍任众议院
议员。

　　陈秋霖（1894—1925）　原名沛霖，字独尊。广东东莞人。1918 年 1 月 5 日由陆丹林介绍入社，入社书编号 1011。1921 年被孙中山委任为国民党中央监察委员，并兼任广州《民国日报》社长，1925 年 8 月 20 日，与廖仲恺同车遇难。著见 1914 年《人籁》。

　　陈耿夫（1885—1918）　字友亭，号耿耿。广东南海人。
1916 年 11 月 24 日由蔡守、胡熊锷介绍入社，入社书编号
731。1907 年加入中国同盟会，任海防分会书记。1909 年任
香港《中国日报》记者。民初为国民党粤支部机关刊《民谊》
杂志编辑及发行人。后又主香港《现象报》、广州《民主报》，
力倡反袁，后被军阀暗杀。

陈家庆（1904—1970） 字秀元，别署丽湘、碧湘。湖南宁乡人。新南社社友徐澄宇夫人。1919年7月由陈家英、傅熊湘介绍入社，入社书编号1072。早年参加中国同盟会。先在北京女师大求学，后转入南京东南大学，受业于词学大师吴梅。毕业后，任教于苏州乐益女中、重庆大学、南京中央大学等校。新中国成立后，执教武汉大学。工诗词，词作风格多样。著有《碧湘阁集》《曲史》《黄山揽胜集》等。

　　陈家杰（1897—1917）　原名家雄，字治元。湖南宁乡人。陈家庆姐。1911 年 4 月 25 日由陈家鼎介绍入社，入社书编号 144。早年留学日本，加入中国同盟会。散著见 1912 年《神州女报》。

　　陈家英（1895—1936）　字定元。湖南宁乡人。陈家杰姐。1911 年 4 月 25 日由陈家鼎介绍入社，入社书编号 143。后又参加南社湘集。早年就读于湖北江汉高等女校。后留学日本，加入中国同盟会。辛亥革命后曾协助其二嫂唐家伟开办天足会，并在中华女子美术学校任教。著有《绉湘阁诗集》。散著见 1912 年《神州女报》。

　　陈家鼎（1876—1928）　字汉元。湖南宁乡人。陈家英、家杰、家庆兄。1911 年 1 月 10 日由柳亚子介绍入社，入社书编号 106。1902 年留学日本。加入中国同盟会，任总部评议部评议员、鼓吹部文学部部长。后在上海等地建立同盟会分会机关。辛亥革命后，任南京临时参议院议员、众议院议员。1921 年曾任广州大元帅府参议。著有《百尺楼诗集》《半僧斋诗文集》。

陈家黉（1880—1970）　字寿元。湖南宁乡人。陈家鼎弟。1912 年 3 月 12 日由景耀月、柳亚子、朱少屏介绍入社，入社书编号 227。早年留学日本，加入中国同盟会。毕业于湖北陆军学堂，以任新军教练官为掩护。辛亥革命后历任旅长、师长等职。二次革命失败后逃亡日本，卒业于东京法政大学，曾被选为中华革命党湖南支部长。1918 年任广州大元帅府中将参军。1927 年后，历任国民革命军总司令部参议、国民党上海市党部宣传委员。抗战时期任国民政府委员。

陈家栋（1887—1971）　号少芸。江苏嘉定（今属上海）人。1916 年 9 月 9 日由高旭、凌毅、胡朴安介绍入社，入社书编号 683。早年留学日本。1927 年任国民政府财政部秘书、安徽省政府委员兼财政厅厅长。1928 年 3 月任国民政府战地政务委员会委员。1929 年 5 月至 1930 年 10 月任江西省政府委员兼财政厅厅长。1931 年 3 月任山东财政特派员兼印花烟酒税局局长。后任四川烟酒特派员。1958 年 4 月受聘为上海市文史馆馆员。

　　陈陶遗（1881—1946）　原名剑虹，号陶遗。江苏金山
（今属上海）人。1909 年 11 月由柳亚子介绍入社，入社书
编号 29。南社虎丘首次雅集十七位参与者之一。早年留学日
本，习法政。1905 年与高旭等办《醒狮》月刊，加入中国同
盟会。又入光复会。后谋刺两江总督端方，事泄被逮入狱，
越年得释。武昌起义，募金而归，以供军需。江苏独立后，
任各省都督府代表联合会代表。后出任上海合众图书馆第一
任董事长。今有陈颖选编《贞毅先生陈陶遗诗文集》行世。

　　陈绵祥（1900—1985）　字亨利，一字馨丽，号希處。
江苏吴江人。陈去病长女。1921 年 8 月 14 日由柳亚子、余
其锵介绍入社，入社书编号 1100。自小在父辈影响下爱好诗
词。早年就读吴江同里丽则女校、上海爱国女校、上海竞雄
女校、东南大学。后东渡日本，学习蚕桑技术。曾任职江苏
民治建设会、国民党上海市党部、国民政府司法部。抗战爆
发后，随夫蔡邦华任教的浙江大学西迁黔北。新中国成立后，
迁居北京。今有蔡恒胜辑《秋梦馆诗賸》行世。

　　陈湛纶（1881—?）　字新吾。广东顺德人。1917 年 2 月 6 日由陈耿夫、李孟哲、卢博郎、蔡守介绍入社，入社书编号 799。

陈聘之（生卒年不详） 名嘉渭，字炳森，号聘之。安徽六安人。未填写入社书，编号33。曾任北京大学法语教授，还曾兼课中法大学、孔德学校。抗战时，北平沦陷后辞去所有大学教职，弃文从商，从事房屋修缮翻建，成为大房商。新中国建立后，积极参与抗美援朝和公私合营，担任过不少商界要职。译有世界文学名著《白石上》。

　　陈蜕庵（1860—1913）　原名范，字梦坡，号蜕庵。湖南衡山人。1911 年 5 月 14 日由傅熊湘介绍入社，入社书编号 150。弱冠能诗古文辞，连试不第，纳粟为江西铅山知县。后赴上海办《苏报》，邹容所著《革命军》，排日在该报刊载。《苏报》案发，被逮系狱一年半得释。辛亥革命后，参加南社及国学商兑会，任《太平洋报》笔政。一度赴北京编《民主报》，不久南归。此时已妻离妾嫁，子天孙殇，抑郁成病。著有《蜕翁诗词刊存》《蜕翁诗词文续存》等。

陈蝶仙（1879—1940） 字栩园，号蝶仙。浙江杭县（今杭州）人。1916 年 5 月 4 日由姚鹓雏介绍入社，入社书编号 595。清贡生，后弃科举，专心著述，为鸳鸯蝴蝶派主要作家之一。1895 年主编杭州《大观报》。1913 年在上海与王钝根合编《游戏杂志》，次年主编《女子世界》。1916 年任《申报·自由谈》主编。1918 年成立家庭工业社股份有限公司，并在无锡、杭州等地建立制镁厂等企业。抗战期间，因病返沪。著有《玉田恨史》《嫣红劫》《栩园诗话》等。

邵力子（1882—1967） 字仲辉，号力子。浙江绍兴人。
1914年4月15日由朱少屏、叶楚伧、柳亚子介绍入社，入
社书编号408。先后在上海震旦公学等校求学，加入中国同
盟会。参与创办《神州日报》《民呼报》《民吁报》《民立报》
等。1915年，与叶楚伧等创办《民国日报》。与于右任等创
办上海大学。1923年10月参与发起成立新南社。1925年任
黄埔军校秘书长。1927年后，历任国民党中央监察委员会常
委等职。新中国成立后，历任全国人大常委等职。今有傅学
文辑《邵力子文集》行世。

　　邵元冲（1890—1936）　名庸舒，字元冲，号翼如。浙江绍兴人。1912 年 10 月 27 日由沈道非、吕志伊介绍入社，入社书编号 356。早年加入中国同盟会。二次革命时，襄助李烈钧讨袁。失败后逃亡日本，加入中华革命党。1917 年任广州大元帅府机要秘书，后奉孙中山命考察海外党务。1924 年归国，被推为国民党中央常委。孙中山逝世后，参与西山会议派活动。1929 年后任国民党中央委员。西安事变中被士兵开枪击伤，死于医院。著有《邵元冲日记》等。

　　邵瑞彭（1888—1937） 字次公，又字次珊。浙江淳安人。1913年4月由高旭、陈去病、张一鸣介绍入社，入社书编号372。先后加入光复会、中国同盟会，并任同盟会浙江支部秘书。民国后，历任众议院议员、临时参政院参政、善后会议议员。曾以反对曹锟贿选而有名。后任北京师范大学、河南大学教授。晚年寓居开封，穷愁潦倒。工词，兼长经史。著有《扬荷集》《山禽余响》《书目长编》等。

邵飘萍（1887—1926） 字平子，号飘萍。浙江金华人。
1916 年 11 月 19 日由邵瑞彭介绍入社，入社书编号 726。
1912 年与杭辛斋在杭州创办《汉民日报》，任主编。1914
年因抨击袁世凯而被封闭，流亡日本。1916 年归国，任上
海《申报》《时报》及《时事新报》主笔。后在北京创办《京
报》，并在北京大学成立新闻学研究会。1925 年经李大钊、
罗章龙介绍，秘密加入中国共产党。1926 年，被奉系军阀杀
害于京东刑场。著有《新闻学总论》《实际应用新闻学》等。

　　范天籁（1886—？）　名光，字茂芝，号天籁。江苏吴江人。1912 年 6 月 6 日由唐耕余、黄荣锦、沈昌直、柳亚子介绍入社，入社书编号 282。早年应父母之命考过一次秀才，未中，从此发愿不再参试。民国后，在平望多所学校任教，其中在县立第七小学任教时间最长。参加南社，又参加同南社。袁世凯复辟帝制时，常到黎里参与酒社活动。能书法，善绘画，爱吟咏，特喜舟游，船上邀集两三知己，带上笔墨纸砚，或观赏丹青墨迹，或吟诗填词。著见《南社丛刻》。

　　范光启（1882—1914）　字鸿仙，别署孤鸿。安徽合肥人。1910 年 8 月由朱少屏介绍入社，入社书编号 177。1908年加入中国同盟会。1909 年到上海佐于右任创办《民呼报》《民吁报》《民立报》。1911 年 4 月参加广州黄花岗起义。1912 年南京临时政府成立后，任铁血军总司令。二次革命时，策动驻芜湖的铁血军起义，被推举为安徽都督。失败后东渡日本，随孙中山筹建中华革命党。1914 年奉命回上海策动反袁斗争，同年 9 月 20 日被袁世凯党羽郑汝成派人刺杀。

范君博（1897—1976）　名广宪，字子宽。江苏吴县（今属苏州）人。入社时间及介绍人不详。世居苏州城内范庄前，爱好文学，年方弱冠即活跃于苏沪报界。又擅书法，工行楷及北魏体，而于诗词一道，尤所精湛。民国期间，任苏州救火联合会会长、吴县红十字会副会长、吴县刺绣业同业公会理事长、私立景范中学校长等职。新中国成立后，曾任苏州市第一届人民代表会议代表。著有《百琲词》《比珠词》《蠹园诗稿》等。

范烟桥（1894—1967） 名镛，号烟桥。江苏吴江人。1917年9月30日由凌景坚、黄复介绍入社，入社书编号969。少年时耽好文史，从金松岑游。曾结同南社，发行《同南社社刊》，又从事地方教育，任县教育会会长，主讲东吴大学。又和赵眠云等结星社，办《星报》，编《珊瑚》杂志。新中国成立后，任苏州市文化局长、文物保管委员会副主任。"文革"中遭迫害去世。著有《诗学入门》《中国小说史》《三十年文坛交游录》等。

茅祖权（1883—1952）　字咏薰。江苏海门人。1912年4月16日由袁圻、刘炎、黄亚康介绍入社，入社书编号255。早年留学日本，加入中国同盟会。1917年任护法军政府大元帅府参议。孙中山逝世后，参与西山会议派活动。1930年参加中国民党中央党部扩大会议，后任中央公务员惩戒委员会主任委员。1933年任行政院院长。1943年任司法院秘书长。还曾当选国民党第五、六届中央执行委员，总统府国策顾问。1950年在上海被逮捕。1952年在狱中病逝。

　　林　棠（1877—？）　字憩南，号尚木。江苏金山（今属上海）人。1915 年 5 月由姚光介绍入社，入社书编号 504。

林之夏（1878—1947）　字凉笙，号秋叶，化名刘躬。福建南安人。1909 年 11 月由柳亚子介绍入社，入社书编号 128。南社虎丘首次雅集十七位参与者之一。早年加入中国同盟会。在南京任军队教练官，暗中策划革命运动。任镇江都督林述庆参谋，光复南京时身先士卒，与清军血战天堡城下，中弹负伤后仍冲锋陷阵。后任福建都督署军务司司长、浙江巡阅使署秘书。1943 年与朱剑芒、丘复等组织南社闽集。著有《幕府集》《埋瓷挖瓷歌》《海天横涕楼诗文集》等。

　　林立山（1881—1951）　字力山，号立山。江苏丹阳人。
1909 年 11 月由柳亚子介绍入社，入社书编号 9。南社虎丘
首次雅集十七位参与者之一。1905 年东渡日本，加入中国同
盟会。辛亥革命，丹阳光复，被推为丹阳军政分府司令。后
历任金坛、扬中两县知事。北伐期间，在上海以江苏省教育
会名义进行地下活动。抗战爆发，赴重庆，任职中央党政工
作考核委员会，参加三民主义同志联合会。1951 年土改，被
关押，病殁于看守所。1986 年 12 月平反。

　　林白水（1874—1926）　原名獬，又名万里，后改名白水，又号少泉。福建闽侯人。1910 年 8 月由陈去病介绍入社，入社书编号 98。1901 年任《杭州白话报》主笔。同年冬与蔡元培等创办爱国女校，组织爱国学社。又发行《警钟日报》，创办《中国白话报》。后留学日本，加入中国同盟会。武昌起义后，历任北京大总统府秘书等职。1919 年后返京办《新社会报》。1926 年 8 月，被张宗昌下令逮捕，杀害于北京天桥。著有《各国宪法源泉》《中国民约精谊》等。

林百举（1882—1950） 原名钟锁，号一厂。广东嘉应州（今梅州）人。1909 年由叶楚伧介绍入社，入社书编号67。1907 年加入中国同盟会。辛亥革命前后，历主汕头《中华新报》《大风日报》。民国后，在沪任《太平洋报》《民立报》主笔。辛亥之年，参幕姚雨平为总司令的广东北伐军，开赴南京。国民党改组后，任广州中央党部、江苏省政府民政厅秘书。1934 年，转任国民党中央党史会纂修，主持增修《总理年谱长编》。今有林抗曾整理《林一厂集》行世。

　　林好修（1897—?）　字好修。江苏金山（今属上海）人。林棠女。1915 年 5 月由高燮、姚光介绍入社，入社书编号 506。

　　林庚白（1897—1941）　原名学衡，字浚南，号愚公，别号庚白。福建闽侯人。1912 年 2 月 27 日由林之夏、陈子范、柳亚子介绍入社，入社书编号 219。早年参加中国同盟会。北京大学毕业。曾任中国大学及俄文专修馆法学教授、众议院议员与非常国会秘书长，1932 年被任为立法委员。1933 年在上海创办《长风》半月刊。1941 年 12 月 19 日被日军杀害于香港。著有《林庚白集外诗》《丽白楼自选诗》《空前词》等。今有周永珍辑《丽白楼遗集》行世。

　　林景行（1886—1916）　字亮奇，号寒碧。福建闽侯人。
1909年由陈去病介绍入社，入社书编号13。家世仕宦。17
岁游学日本，凡八年始归国，时值武昌起义，奔走戎幕间。
与宋教仁交厚，1912年宋长农林部，聘为秘书，后入众议
院。宋教仁遇害后，举家避走辽东数年。1916年复至上海，
主《时事新报》笔政，梁启超依之如左右手。是年8月7
日，自报社出，为英人克明汽车所撞而死。著有《寒碧诗》。
今有周永珍辑《徐蕴华、林寒碧诗文合集》行世。

杭　海（1890—？）　字席洋，号漱瀯。安徽定远人。1912 年 9 月 17 日由仇亮、陈蜕庵、徐大纯介绍入社，入社书编号 312。

　　杭辛斋（1869—1924）　名慎修，字辛斋，号夷则。浙江海宁人。1910 年由冯平介绍入社，入社书编号 62。早年读书于杭州正蒙义塾，后入同文馆。1897 年在天津与严复等创办《国闻报》。1905 年加入中国同盟会。赴京创办《白话报》，因触怒清廷权贵被押，后解回杭州禁锢。获释后主编《农工杂志》。光复后与邵飘萍合办《汉民报》，曾因抵制袁世凯复辟被逮押。1917 年南下参加护法运动。通易学，著有《学易笔谈》《易楔》等，合称《易藏丛书》。

郁　华（1884—1939）　原名庆云，字曼陀。浙江富阳人。未填写入社书，编号 11。早年留学日本，毕业归国后供职北京外务部。1913 年再赴日本考察司法，次年归国，历任京师高等审判庭推事、大理院推事。1929 年调任最高法院东北分院推事及庭长。"九一八"事变，沈阳沦陷．立即避至北平。1932 年到上海，任江苏高等法院第二分院刑庭庭长。"八一三"后，留上海，坚守司法岗位。1939 年 11 月 23 日被日伪特务暗杀。著有《刑法总则》《判例》《静远堂诗画集》。

　　郁九龄（1885—？） 字九龄。浙江萧山人。1915 年 6 月 5 日由柳亚子介绍入社，入社书编号 541。

郁世为（1883—1933） 字佐皋。浙江嘉善人。1917年2月29日由周斌、余其锵、郁世羹介绍入社，入社书编号822。

　　郁世烈（1884—1951）　字慎廉。浙江嘉善人。郁世为弟。1917 年 3 月 15 日由王德钟、余其锵、郁世羹介绍入社，入社书编号 836。

　　郁世羹（1892—1965）　字佐梅。浙江嘉善人。郁世烈弟。1916 年 8 月 19 日由周斌、余其锵介绍入社，入社书编号 666。曾任西塘商团副团长、西塘私立昭华女校教师、圣堂小学校长等职。1918 至 1923 年间，柳亚子、陈去病与郁世羹等西塘南社诸子过从甚密，曾踵杨铁崖故事，大游分湖。又游宴于西塘乐国酒家。著见《乐国吟》。

欧阳予倩（1889—1962） 原名立袁，号小草。湖南浏阳人。1917 年 10 月 20 日由徐浦介绍入社，入社书编号 988。15 岁留学日本，先后入早稻田大学等。1907 年与曾孝谷、李叔同等组织春柳社。1911 年回上海，组织春柳剧场，与梅兰芳齐名，有"南欧北梅"之誉。后任南国艺术学院戏剧系主任。1932 年加入左翼剧联。抗战爆发后，去桂林任广西艺术馆馆长。新中国成立后，历任中央戏剧学院院长、中国文联副主席等。今有《欧阳予倩文集》行世。

欧阳振声（1885—1931）　字骏民。湖南宁远人。1919年3月20日由蔡守介绍入社，入社书编号1062。1904年与吕大森、刘静庵等组织科学补习所，后留学日本早稻田大学，加入中国同盟会。1906、1907年间，参与吴玉章主持的各省同盟会负责人联席会议。辛亥革命后被推选为众议院议员，并参加统一共和党，任常务干事。国会解散后，在上海创设泰东图书局。1917年任湖南省议会议长。

拓泽滨（？—1950） 字鲁生。贵州贵阳人。未填写入社书，编号57。先世经商。早年东渡日本，加入中国同盟会，追随孙中山从事民主革命。1913年，任国民党上海交通部名誉交际干事。是年3月20日，宋教仁在沪宁车站遇害后，无意政治，浪迹京沪，生活多赖于右任、居正、林森照顾。1940年回贵阳，住大乘寺。1950年圆寂于黔灵寺。

卓尚诚（生卒年不详） 字真吾。江苏江宁人。1910 年
4 月入社，未填写入社书，编号 12。中国同盟会会员。

易　象（1881—1920）　字枚丞，号梅僧。湖南长沙人。1912年10月21日由刘国钧、朱少屏介绍入社，入社书编号327。1904年起讲学南湘，结识同盟会员林伯渠，加入中国同盟会，同赴北京，任《亚东新闻》编辑。二次革命失败后，加入中华革命党，发起组织反袁秘密团体乙卯学会，后与李大钊组织的中华学会，合并成神州学会。不久再赴日本，致力于恢复和开展神州学会的活动。后回国参加护法运动。1920年11月，在长沙被军阀赵恒惕杀害。

　　易　孺（1880—1941）　原名廷熹，字季复，号瘁民。
广东鹤山人。1912 年 9 月 5 日由杨杏佛介绍入社，入社书编
号 301。早年肄业于广雅学院，中年游学日本。于书画、篆
刻、碑版、音韵、文字源流、乐理等无不精研。历任北京高
等师范、暨南大学、上海国立音乐学院教授。又设南华书社，
创制北碑字模，编印古籍美术图书。民国初年与萧友梅合作
新体乐歌，盛行一时。著有《和玉田词》《封泥集拓》《中国金
石史》等。

易白沙（1886—1921）　字月村。湖南长沙人。1916 年
9 月由郑桐荪介绍入社，入社书编号 677。辛亥革命前，曾
任旅皖湖南中学校长、安徽师范学堂教习。武昌起义，曾游
说皖中诸将领，应援武昌。1913 年参加二次革命，失败后
逃亡日本。后归国投身于新文化运动。历任湖南省立第一师
范教员，南开大学、复旦大学教授。因不满社会之黑暗，于
1921 年在广东新会白沙村跳海自杀。著有《帝王春秋》《教
育与卫西琴》《广尚思》《诸子无鬼论》等。

易宗夔（1874—1925）　字蔚儒。湖南湘潭人。1916
年 12 月 4 日由高旭、田桐、陈家鼎介绍入社，入社书编号
768。1904 年留学日本。早年与谭嗣同等创立南学会。1909
年被选为资政院议员。民国后，任国民党政事部干事、众议
院议员。1923 年任北京政府法制局局长。著有《新世说》。

　　罗志远（1887—？）　一名致远，字敏夫。广东顺德人。1917年1月1日由蔡守、叶敬常介绍入社，入社书编号778。1935年又参加南社广东分社。

罗剑仇（1885—1917） 字剑仇。湖南大庸（今张家界）人，一说醴陵人。未填写入社书，编号 62。

　　岳麟书（1887—1910）　名雪，字麟书。浙江嘉兴人。朱少屏第二任夫人。1909 年由朱少屏介绍入社，入社书编号7。早年毕业于松江景贤女校。1907 年与朱少屏结婚。时朱方襄理南洋中学，继复经营报事，心力俱殚，不遑顾家。麟书以一身之力支撑门户。生平持博爱主义，于慈善事慕义恐后，闻贫儿院夏无扇，则贻以扇百柄；冬无冠，复如之。麟书平日嗜学若饥渴，吟咏不辍，时见其手持一编。1910 年病逝，年仅 24 岁。朱少屏为撰《岳君麟书行述》。

　　金祖荣（1892—1936）　字剑平，号夕阳。江苏吴江人。1917 年 4 月 28 日由沈昌眉、陈洪涛介绍入社，入社书编号881。后参加范烟桥创建的同南社。早年在家乡执教。家中富有藏书，平时以读书为乐。柳亚子狂胪乡邦文献，曾从其家借抄不少吴江籍作者的刊本和稿本。1925 年秋，到黎里任教吴江第四高等小学。

　　金鹤翔（1865—1931）　字琴一，号幼香，别号病鹤居士，后署病鹤。江苏常熟人。1911 年冬由庞树柏介绍入社，入社书编号 757。为常熟虞社发起人及名誉社长。著有《病鹤诗稿》《读越缦堂日记随录》《浙游诗词草》等。

　　周　云（1891—1951）　字一粟，号湛伯，别号酒痴。
江苏吴江人。1914 年 6 月 4 日由柳亚子、李拙、顾悼秋介
绍入社，入社书编号 422。家境殷实，宅内有寿恩堂，左右
两落，前后六进。东进有开鉴草堂，略具园林之胜，成为外
来社员集聚和落脚之处。1914 年冬起，周云等"梨村五子"，
追随柳亚子，组织销寒社、销夏社和酒社。今有周大有辑
《南社周云诗词选》行世。

周　伟（1885—1940）　字人鞠，一字伟人，又作伟仁。江苏山阳人。1910年由周实介绍入社，入社书编号46。1907年12月与周实一道入南京两江师范学堂。1911年周实遇害后，协助柳亚子编校、出版《无尽庵遗集》。1912年9月与余天遂、秦铸花等重组淮南社。又赴广东汕头，入《大风日报》撰写社论。后入上海《太平洋报》，任主笔。1931年任上海私立持志大学文学教授。后返淮任县议员，不料淮地忽遭兵祸，室庐荡然，穷无所归，潦倒以终。

周　实（1885—1911）　字实丹，号无尽，别号吴劲。江苏山阳人。1909年由高旭介绍入社，入社书编号45。有大志，耽文史，能诗善饮，自号山阳酒徒。1907年入南京两江师范学堂。1911年6月创建淮南社，自撰《淮南社启》，与南社互通声气。武昌起义爆发后，1911年11月14日在山阳县发动起义，宣布光复，成立淮安地方军政府，11月17日被清知县姚荣泽勾结土豪劣绅诱杀。著有《无尽庵遗集》《无尽庵札记》、合撰《白门悲秋集》。

　　周　珏（1883—？）　字志成。浙江嘉善人。1911年2月13日由孙鹏介绍入社，入社书编号122。日本早稻田大学毕业。曾参加辛亥革命。1913年被选为众议院议员。1923年11月任驻日本横滨总领事。1925年至1934年任驻神户总领事。1936年1月任外交部驻沪办事处处长。抗战时附逆，曾任日伪中华民国临时政府（北平）满州通商代表。1940年5月4日代理日伪华北政务委员会政务厅外务局局长，旋于5月14日免职，改任汪伪外交部公使（驻部办事）。

　　周　觉（1880—1933）　原名延龄，字柏年。浙江吴兴
（今湖州）人。1910 年 8 月入社，未填写入社书，编号 17。
早年留学日本，加入中国同盟会。清季寓沪，设铺于望平街
福州路口，专售印泥图章等文具，取名"新世界"。辛亥革
命，陈其美响应起兵，谋刻印章，刻字店大都不敢承接。而
周觉一口允诺。不久上海独立，所有公文，居然朱印赫然。
民国成立，周觉曾任监察院监察委员。

周　斌（1878—1933）　字志颐，号芷畦。浙江嘉善人。周珏兄。1912 年 4 月 14 日由陈去病、李云蘷、顾彦祥介绍入社，入社书编号 251。早岁从事革命，武昌起义，与人向军队宣传革命，竖白旗以响应。1912 年，任众议院议员，寓居都门，刊《燕游草》。又喜山水，揽天台雁宕之胜，刊《台宕游草》。柳亚子乡居时，一起搜罗乡邦文献，辑《柳溪诗征》，刊《柳溪竹枝词》。晚年隐居分湖。

周　詠（1888—?）　字詠康。湖南长沙人。1912 年
9 月 17 日由仇亮、朱少屏、徐大纯介绍入社，入社书编
号 309。

周子美（1896—1998） 名默，字君实，号子美。浙江吴兴（今湖州）人。1917 年 3 月由曹应仲介绍入社，入社书编号 852。早年受同乡刘承干之邀，任南浔嘉业堂藏书楼第一任编目部主任，长达八年。1932 年秋，任教于沪上圣约翰大学，业余笔耕不已。新中国成立后，任教于华东师范大学中文系、教育系。1971 年调入廿四史标点组。1998 年 10 月去世，享年 102 岁。著有《洛阳伽蓝记注》《庄氏史案考》《嘉业堂抄校本目录》等。

　　周大烈（1901—1976）　字迪前，别署述庐。江苏松江（今属上海）人。入社时间不详，妻兄姚光介绍入社。高燮介绍入国学商兑会。时有志于校雠目录之学，其间所纂有初稿《书目考》《知见辑佚书目补》《南史艺文志》《清代校雠学书目》等。1937年冬家乡沦陷，庐舍荡然，侨居沪上，不废书卷，潜心著述，为中华书局校订经籍，又从事于乡邦文献之纂录，草有《南齐书校注》《四库附存简明目录》等。辑有《松江文钞诗钞》《云间词征》。

周公权（1887—1959） 字衡伯。江苏睢宁人。1917年1月30日由柳亚子、徐世阶介绍入社，入社书编号794。1897年就家塾，受业于郭爱棠。1902年入清江学堂，后毕业于南京三江师范学堂。1917年后，先后在古邳经营博济药栈，在睢宁任劝学所所长，在徐州开设衡伯诊所。抗战胜利后，一度担任徐州一中校医。著有《周公权诗稿》，已佚。

周松年（1897—？） 字竹朋。广东南海人。1916 年 12 月由蔡守、蔡少牧介绍入社，入社书编号 775。

周宗泽（1881—？）　字景瞻。湖北襄阳人。1913 年 12 月由朱少屏、汪洋介绍入社，入社书编号 393。

周承德（1877—1935）字逸舜，又字佚生、轶生。浙江海宁人。1910年4月由陈去病介绍入社，入社书编号68。清末廪生。早年留学日本，先后入成城学校、早稻田大学。归国后致力于教育事业，历任杭州求是书院、浙江高等学堂及优级师范教职。善书汉隶、八分及唐楷，书法自成一格，曾被康有为誉为"浙省第一人"。亦工刻印，并参与创办西泠印社，曾任社长。早年又曾研读达尔文进化论，成为浙江早期宣传进化论者。

　　周亮才（1887—?）　号天石。浙江嘉兴人。1910 年由陶赓照介绍入社，入社书编号 82。曾任北京政府交通部航政司司长。1931 年任上海市政府秘书。1932 年 11 月任国民政府交通部参事，1947 年 8 月免职。后又曾任上海市政府秘书。著有《天石诗钞》《鸣凤楼诗草》《阅江楼吟草》。

　　周祥骏（1870—1914）　字仲穆，号更生。江苏睢宁人。周公权父。1909 年 11 月由高旭介绍入社，入社书编号 36。历任睢宁昭义书院（养正学堂）和上海宪政讲习所教席。后与程元甲等组织朴学会。武昌起义后，去镇江在柏文蔚军第一镇任军事顾问，于光复徐州时潜入策反。后为人所忌，入徐州第七师范任教。1914 年 5 月 16 日被张勋杀害于徐州武安门外。著有《更生斋类稿》《更生斋诗》《更生斋琐语》等。

周湘兰（1889—1922） 字湘兰。湖南湘阴人。叶楚伧元配夫人。1912 年 5 月 9 日由郑佩宜介绍入社，入社书编号270。自小随祖父芙江将军，生活在驻扎周庄的军营中。16岁入冯沼清创办的苏州苏苏女校。后转入女子师范学习，毕业于音乐体育科。毕业后，归任周庄女校教务。1908 年与叶楚伧结婚。叶投身反清革命，湘兰一直跟随左右。即叶身居高位，亦简朴依旧。1914 年，因患肺结核，辞上海竞雄女校音乐教员职。1922 年去世，年仅 33 岁。

周越然（1885—1962） 原名之彦，字越然。浙江吴兴（今湖州）人。1914 年 8 月 21 日入社，入社书编号 448。早年任职上海商务印书馆编审室，所编《英语模范读本》，为各校所采用，销数广大，所得版税极多。藏书极富，有宋元明版，中外秘籍，所藏《金瓶梅》，竟多至数十种。1932 年"一·二八"之役，曾被焚古书近两百箱，西书十几大橱。之后数年，又复坐拥书城。以藏书家见称于时。著有《生命与书籍》《书与观念》《文学片面观》等。

　　周道銮（1904—1986）　一名道鸾，字扬季。江苏睢宁人。周公权弟。1917年6月29日由柳亚子介绍入社，入社书编号926。1914年5月其父周祥骏遇害后，随兄公权避祸淮阴两年。1923至1926年，就读睢宁中师，多次参加学潮。担任《睢潮报》编辑。中师毕业后，多次参加农民运动。1938年自发组织抗日武装，加入八路军陇海南进支队。1939年加入中国共产党。1946年经组织安排，筹建蚌埠光华肥皂厂，担任经理。离休前，任安徽蚌埠市政协常委。

周瘦鹃（1895—1968）　字国贤，笔名瘦鹃。江苏吴县（今苏州）人。1915 年 5 月 9 日由叶楚伧介绍入社，入社书编号 508。1916 年任中华书局编辑。后历任《申报》《新闻报》编辑，《礼拜六》《紫罗兰》《半月》等杂志主编。曾与鲁迅等联名发表宣言，呼吁抗日御侮。新中国成立后，任全国政协委员、苏州市博物馆名誉副馆长。创作之外，又从事园艺栽培，种植盆景。"文革"中投井自沉，1973 年在周恩来关怀下始获平反。今有范伯群主编《周瘦鹃文集》行世。

　　周麟书（1888—1943）　字嘉林，号迦陵。江苏吴江人。1912年11月24日由沈昌直介绍入社，入社书编号328。毕业于苏州府中学，历任吴江中小学校长、吴江乡村师范学校教师。一生喜好名山大川，多次远游。家中珍藏众多祖传书画文物。李根源相赠其十三世祖周用遗物象笏，便在家宅大兴土木，筹建了传笏堂，用以收藏。抗战爆发，举家匆匆出逃，仅身怀象笏。一年后返回松陵，坚拒出任伪县教育局局长。著有《笏园诗钞》《周迦陵诗稿》《沧浪杂吟》等。

庞树柏（1884—1916） 字芑庵，号檗子，别署龙禅。江苏常熟人。1909 年 10 月 14 日由陈去病介绍入社，入社书编号 145。南社虎丘首次雅集十七位参与者之一。15 岁入江苏师范学校。毕业后，历任江宁、苏州、常熟等地教习。加入中国同盟会。曾任《国粹学报》编辑。武昌军兴，主讲上海圣约翰大学，与宋教仁等参与上海光复。后移家上海，任教澄衷、爱国等校。著有《庞檗子遗集》《玉玲珑馆词》《灵岩樵唱》等。

郑　文（1887—？）　字织云。江苏青浦（今属上海）人。1916年6月4日由杨锡章介绍入社，入社书编号617。

　　郑　泽（1881—1920）　字叔容，号萝庵。湖南长沙人。
1911 年 5 月 14 日由傅熊湘介绍入社，入社书编号 151。著
有《郑叔容诗文词集》《萝庵遗稿》《萝庵词》。

　　郑之章（1867—1955）　字折三，号郑乡。浙江桐乡人。
清廪生。1914 年 11 月 30 日由谭天介绍入社，入社书编号
481。清季末世，家道中落，靠设塾坐馆谋生，前后五十余
年。其姑母即松筠老人郑静兰。松筠系秋瑾、徐自华挚友，
善诗，曾同在南浔执教，且年长于二人，故皆执弟子礼。之
章之学诗和加入南社，与此当不无影响。新中国成立后，受
聘为浙江省文史馆馆员。著有《蔬果百咏》等。

　　郑佩宜（1888—1962）　名瑛，字子佩，号佩宜。江苏吴江人。柳亚子夫人。1909 年由柳亚子介绍入社，入社书编号 5。受新思潮影响，1906 年与柳亚子举行新式婚礼。婚后，生活上悉心照料亚子，事业上多有襄助。1927 年 5 月 8 日深夜，反动军警到黎里搜捕亚子，佩宜迅速将其藏身复壁，使之幸免于难。抗战期间，随亚子流亡香港、桂林、重庆。1949年 2 月，陪亚子由香港北上，从此定居北京。亚子逝世后，将家中所藏大量遗稿、古籍、书画捐赠国家，完成其遗愿。

郑国准（1892—？） 字仄尘。江苏武进人。1914 年由姜可生介绍入社，入社书编号 466。

郑宝善（1885—1941） 字楚珍。山西屯留人。1912 年 3 月 12 日由陈家鼎、景耀月、朱少屏介绍入社，入社书编号 226。中国同盟会会员。1906 年毕业于山西大学堂。1907 年考取官费留学英国，入设菲尔德大学专攻采矿冶金。著有《铁世界》。

　　郑桐荪（1887—1963）　名之蕃，字仲鹓，号桐荪，别
号焦桐。江苏吴江人。郑佩宜兄。1910年由柳亚子介绍入
社，入社书编号65。1907年赴美留学，入康奈尔大学数学
系，后又去耶鲁大学深造。1911年归国，先后在福建马尾海
军学校、上海南洋公学任教。1920年至北京清华学堂任教，
后任清华大学数学系主任和教务长，直至1952年退休。其
间，1940年自昆明西南联大回沪，1943年至1946年，曾在
上海震旦女子文理学院讲授中国诗词，上海育才中学任校长。

郑詠春（1886—1922）　名传，原名之兰，字伯凤，号詠春。江苏吴江人。郑桐荪、郑佩宜兄。1911 年 3 月 1 日由柳亚子介绍入社，入社书编号 130。早年就读其父在家中创办的郑氏小学。嗣后，就读上海震旦学堂，旋转学复旦公学。1908 年毕业后，先后在苏州江苏高等学堂、江苏铁路学堂暨江苏省立工业专科学校任英文教师。詠春乐于交友，同苏曼殊曾先后到盛泽、苏州作客，宴游聚晤。1922 年患急性脑溢血，殁于苏州大太平巷寓所，年仅 36 岁。

　　居　正（1876—1951）　字觉生，号梅川。湖北广济人。未填写入社书，编号 51。清末留学日本，参加中国同盟会；再赴新加坡，加入《中兴日报》社，又往仰光主持《光华日报》。武昌起义后，任内务部次长，当选为参议院议员。二次革命失败后流亡日本，加入中华革命党。后返山东组织中华革命军东北军，任总司令。1922 年，任广州护法军政府内务总长。孙中山逝世后，参与西山会议派活动。此后，历任国民党中央执行委员、最高法院院长等。1949 年去台湾。

经亨颐（1877—1938） 字子渊，号颐渊。浙江上虞人。1917 年 3 月由李叔同介绍入社，入社书编号 823。留学日本，加入中国同盟会。归国后任浙江省立第一师范学校校长。后在白马湖边创办春晖中学，延聘夏丏尊、叶圣陶、丰子恺、朱自清等一起任教。曾任国民党第二届中央委员、全国教育委员会委员长。晚年退居上海。早年雅好治印，50 岁后学画，画以兰、梅、竹为多。书学《爨宝子碑》，得其精髓。著有《经颐渊篆刻诗书画集》《长松山房诗书画印集》等。

项　骧（1880—1944）字伟人。浙江瑞安人。1912 年
4 月 16 日由朱少屏、宁调元、柳亚子介绍入社，入社书编号
254。清末进士，美国哥伦比亚大学政治经济学硕士。1910
年留学生殿试第一名，清廷授翰林院编修、参议厅行走。辛
亥革命后，任北京政府财政部参事兼中国银行监督、盐务署
参议。1922 至 1924 年间任财政部次长、盐务署署长、盐
务稽核所总办。后解职闲居上海。抗战时期隐居故里。著有
《浴日楼诗文稿》《说关税》。

赵正平（1886—1945） 字厚生。江苏宝山（今属上海）人。1909 年 11 月由柳亚子介绍入社，入社书编号 30。南社虎丘首次雅集十七位参与者之一。日本早稻田大学留学，加入中国同盟会。辛亥革命前，先后编辑、主持桂林《南报》《南风报》月刊。民国成立后，曾任南京留守府交通局局长。后为北京《民苏报》成员，又主持《大陆国报》。后历任暨南大学校长、北平市社会局局长等职。抗战时期，历任汪伪国民政府教育部长、上海大学校长等职。汪伪覆灭，畏罪自杀。

赵世钰（1883—?） 字其相。陕西三原人。1910 年由俞剑华介绍入社，入社书编号 60。清末廪生。早年赴日留学，加入中国同盟会。1908 年与人在东京创办《夏声》杂志，宣传民主革命思想。1912 年 1 月被选为陕西省参议会议员，并出席在南京召开的民国临时政府参议院成立大会，被推为临时参议院议员。后任北京政府国会议员。新中国成立后回到家乡，曾任县政协委员。

赵式铭（1877—1942） 字心海，一作星海，号撝叔。云南剑川人。白族。1919 年 2 月 15 日由蔡守介绍入社，入社书编号 1046。曾任家乡小学堂校长。1904 年起，先后创办《丽江白话报》《永昌白话报》，编辑《云南日报》。辛亥革命后，任云南都督府秘书、广州护法军政府交通部司长。1919 年后，返里重执教鞭。1931 年后，历任云南通志馆副馆长、馆长，《云南通志》副总纂、总纂。著有《睫巢诗稿》《希夷征室诗钞》《滇志辨略》等。

　　赵光荣（1857—1936）　字子枚，一字芷湄，号枚叟。江苏丹徒人。1916 年由叶玉森介绍入社，入社书编号 631。清末民初钱币收藏家。《古钱大辞典》称："返里后，豪饮苦吟，罕与世接……所居为百尺梧桐阁，终日伏处其中，孤怀独往，穷搜苦索，故所为诗。"著有《百尺梧桐阁诗选》等，其长歌《钱谱榻成书后》收录《古钱大辞典》。

赵赤羽（1898—1965） 字赤羽，一字蕴安。江苏崇明（今属上海）人。1922 年 6 月由茅祖权介绍入社，入社书编号 1102。早年参加鸣社，1921 年与闻宥一起在上海主编《礼拜花》周刊。又创作短篇小说，散刊民初杂志报章，为数甚多。生平足迹所至，北抵京津，南游香岛。著有《赤羽诗稿》《南征记》等。

赵苕狂（1892—1953）　名泽霖，字雨苍，号苕狂。浙
江吴兴（今湖州）人。1915 年 7 月 27 日由胡寄尘、徐思瀛
介绍入社，入社书编号 551。曾任大东书局《游戏世界》编
辑。1922 年后任《回民报》《红玫瑰》等主笔。鸳鸯蝴蝶派作
家。擅长写侦探武侠小说，当时有"门角落里福尔摩斯"之
誉。所作社会小说及《窗内和窗外》等，曾传诵一时。1939
年在上海创办《玫瑰》半月刊，发表长篇小说《新江湖怪侠
传》以及《灵犀感旧录》等。

　　胡石予（1868—1939）　名蕴，字介生，号石予。江苏昆山人。1911 年 10 月 6 日由高旭、余天遂、柳亚子介绍入社，入社书编号 190。19 岁即以诗文称于里闾。喜画墨梅，信笔所之，自然成趣。曾执教苏州草桥中学。后参加国学商兑会。曾在私立振华女校、江苏省立苏州第一师范学校任教。抗战中避难安徽铜陵，因病去世。抗战胜利后移葬故乡蓬阆镇。著有《半兰旧庐文集·诗集·诗话》《画梅赘语》《梅花百绝》等。

　　胡朴安（1878—1947）　字仲明，号朴安。安徽泾县人。1910 年 12 月 17 日由朱少屏介绍入社，入社书编号 97。辛亥革命前参加中国同盟会，任《国粹学报》编辑。民国后，服务于《民立报》《太平洋报》《民国日报》及《民报》，主笔政，任社长诸职，并教授中国公学、复旦公学，任国民大学、持志大学系主任。抗战初期，任上海女子大学教授等。抗战胜利后，任上海市文献委员会主任委员。著有《中华全国风俗志》《中国文字学史》《中国训诂学史》等。

胡先骕（1893—1968）字步曾，号忏庵。江西新建人。1914 年由杨杏佛、梅光迪、柳亚子介绍入社，入社书编号 441。早年留学美国哈佛大学，获科学博士学衔。著名植物学家。历任庐山森林局局长、中国植物学会会长、北京博物学会会长等。新中国成立后任中国科学院植物研究所研究员。几于绝种的水杉即是他和郑万钧鉴定认可的。著有《中国植物图谱》《经济植物学》等，又和任鸿隽合译《科学大纲》。工诗，出沈曾植、陈衍之门，力张宋诗旗帜。

  胡兆焕（1880—1955） 字梦珠，号蒙子。浙江嘉善人。1917 年 4 月 15 日由郁世羹、余其锵介绍入社，入社书编号870。清末秀才。辛亥革命后入南京政法专门学堂攻读法律。1915 年在江苏金山（今属上海）创办金山师范讲习所，并任所长。1920 年应张謇、黄炎培之邀，先后在江苏南通、上海任教。1925 年在上海与学生一起参加"五卅运动"。1934 年任浙江大学文学系主任。抗战期间任昆明西南联大总务干事。新中国成立后，受聘浙江省文史馆馆员。

胡伯翔（1896—1989） 字伯翔。江苏江浦（今南京）
人。1923 年 2 月 8 日由胡朴安、胡惠生、郑家祚介绍入社，
入社书编号 1108。画家，前中华摄影学社理事长胡郯卿之
子。善摄影及中国画。1913 年迁居上海。曾任东方美术出版
社、中华摄影杂志社经理，上海家庭工业社常务董事兼总经
理。画作有《嘶风图》《三叠飞泉》《春风烂漫牧牛陂》等。

　　胡栗长（1878—？）　名颖之，别署力涨，又号幸止。浙
江山阴（今绍兴）人。1909 年 11 月由陈去病介绍入社，编
号 91。南社虎丘首次雅集十七位参与者之一。1923 年 7
月主编《新奉化》。著有《粪心簃诗草》《全韵诗》《客蜀杂
录》等。

胡寄尘（1886—1938）　名怀琛，字季仁，号寄尘。安徽泾县人。胡朴安弟。1910 年 12 月 23 日由朱少屏介绍入社，入社书编号 105。幼从兄朴安读书，稍长，负笈上海育才中学。辛亥革命期间，助柳亚子编《警报》，并结为金兰。历任《神州日报》《太平洋报》编辑，入商务印书馆编辑《小说世界》，任南方大学、上海大学、爱国女校教授，又供职上海市通志馆。编著甚多，有《中国历代小说史论》《中国民歌研究》《中国文学史概要》等。

胡惠生（1893—1956） 字蕙荪，一字惠生。安徽泾县人。胡朴安兄子。1915 年 7 月 29 日由胡寄尘介绍入社，入社书编号 552。1913 年入上海《太平洋报》，又曾任《民报》主笔。日军侵占上海后参与创办《文汇报》，任编辑主任，宣传抗日。1946 年与报社同仁响应中国共产党号召，反对国民党发动内战，积极支持民主爱国运动，直至 1948 年 5 月被国民党当局勒令停刊。上海解放，上海版《文汇报》于 1949年 6 月复刊，惠生继续在该报从事新闻工作。

查人伟（1887—1949） 字中坚。浙江海宁人。1917年由张一鸣介绍入社，入社书编号906。早年中秀才，后入杭州求是书院、武备学堂、政治学堂肄业，加入中国同盟会。辛亥革命后，历任平湖县承审员、桐庐县专审员、浙江省参议员、国民党浙江省党部监察委员。创办《新浙江日报》。"四一二"政变后被捕，经营救出狱，随即脱离国民党。后任律师，参加救国会和中国民主同盟。

柏文蔚（1876—1947） 字烈武。安徽寿县人。1916年11月21日由朱少屏、戴季陶介绍入社，入社书编号727。1900年与赵声等在南京组织强国会。1905年与陈独秀等成立岳王会，加入中国同盟会。与孙毓筠等谋炸两广总督端方，事败走东北。武昌起义时，到秣陵关联络第九镇新军攻南京。南京光复后任革命军第一军军长，兼北伐联军总指挥。1913年7月宣布独立，参加讨袁。失败后走日本、南洋。1930年后历任国民政府委员、国民党中央执行委员等职。

柳无忌〔1907—2002〕 原名锡祓，字无忌，笔名啸霞。江苏吴江人。柳亚子子。1916 年 6 月由柳亚子、郑佩宜介绍入社，入社书编号 629。1920 年起就读上海圣约翰中学、大学，后留学美国。1932 年，任天津南开大学英文系教授兼主任。抗战爆发，任教西南联合大学、重庆中央大学。抗战胜利，携眷赴美讲学，任耶鲁大学等校教授，并在印第安纳大学创办东亚语言文学系，任系主任五年。1989 年在美国发起成立国际南社学会。辑有《苏曼殊年谱及其他》《柳亚子年谱》等。

柳亚子（1887—1958） 名弃疾，字安如，号亚子。江苏吴江人。1909 年 10 月入社，入社书编号 3。南社虎丘首次雅集十七位参与者之一。加入中国同盟会、光复会。1909 年发起组织南社，后长期主持社务。1926 年当选国民党中央监察委员。"四一二"政变后流亡日本。后任上海市通志馆馆长。上海沦陷，辗转流亡。1941 年因指责当局制造皖南事变，被开除党籍。1948 年参与发起成立民革。新中国成立后，任中央人民政府委员等职。今有《柳亚子文集》行世。

郦　忱（1878—?）　号赓九。浙江诸暨人。1914 年 9 月 18 日由李叔同介绍入社，入社书编号 458。

　　钟　动（1879—1943）　字薛生。广东梅县人。1912 年
10 月 14 日由胡朴安、周伟、胡寄尘介绍入社，入社书编号
319。早年留学日本早稻田大学，加入中国同盟会。1907 年
与古直、曾颐等在家乡组织成立冷圃诗社。后返回东京继续
学业，担任嘉应州留学生同乡会会长，创办《梅州》杂志。
1911 年梅州光复后任梅州军司令部参谋长。1916 年与李烈
钧、唐继尧、蔡锷等在云南成立护国军政府，曾任云南省教
育司司长。著有《钟季子文录》《天静楼诗存》。

　　钟　英（1881—?）　字悢庵。江苏松江（今属上海）人。1910 年由朱少屏介绍入社，入社书编号 39。中国同盟会会员。

钟　藻（1893—？）　字爱琴，一字耐勤。湖南醴陵人。
1919 年 4 月由傅熊湘介绍入社，入社书编号 1067。

　　钟观诰（1875—?）　字衡臧。浙江镇海人。1914 年由叶楚伧介绍入社，入社书编号 482。早年与兄观光（宪鬯）加入中国教育会，同任爱国学社理化教员。民初任职江苏省立第二师范学校。1912 年与陈其美、虞洽卿、王云五、黄宾虹等任上海务商中学校董。

　　饶芙裳（1856—1941）　名集蓉，字芙裳。广东梅县人。
1916年10月7日由林百举介绍入社，入社书编号709。擅
长诗歌和书法。早年加入中国同盟会。辛亥革命后任广东省
教育司司长。1913年任首届国会众议院议员。后赴槟榔屿庇
能中学任教。1916年9月回国后复任国会众议院议员、护
法国会众议院议员。1928年任广东琼崖道尹，为海南岛最高
行政长官。后任广东省通志馆馆长。今有《饶芙裳诗文集》
行世。

侯鸿鉴（1872—1961） 字葆三，号病骥。江苏无锡人。未填写入社书，编号6。1902年留学日本，归国后，创办竞志女校等。历任竣实校长、南菁学监、集美学校校长、上海致用大学校长等。又创设无锡县立图书馆、福建省立图书馆。先后应奉天、天津诸校之聘，更游历南洋各地。辛亥革命时，曾策应秦毓鎏等光复无锡，任议会副议长。新中国成立后任无锡市人大代表。著有《古今图书馆考略》《无锡图书馆先哲藏书考》《锡山先哲丛刊》等。

　　俞庆恩（1884—1930）　字凤宾。江苏太仓人。1911年9月4日由朱少屏介绍入社，入社书编号170。少年就读苏州五亩园。1908年毕业于上海圣约翰书院医科，取得博士学位，不久自设诊所行医。辛亥革命爆发，组织医疗救护队，奔波南京、浦口抢救革命军伤员。1912年，自费赴美国宾夕法尼亚大学医学院进修。1915年，与颜福庆等发起组织中华医学会，并任《中华医学》杂志主编。著有《卫生丛话》《个人卫生篇》，译有《肺痨康复法》《婴儿保育法》等。

　　俞剑华（1886—1936）　名谔，字剑华，号一粟。江苏太仓人。1909 年 11 月由柳亚子介绍入社，入社书编号 31。南社虎丘首次雅集十七位参与者之一。1903 年东渡日本，加入中国同盟会。1906 年归国。历任上海《民国日报》等编辑。武昌起义爆发，奉命返太仓策动光复事宜，声威大振。后奉命赴印尼爪哇，继续办报鼓吹革命。1918 年归国后，历任福建省立图书馆馆长等。"四一二"反革命政变后，归隐家园。著有《剑华集》《蜚景集》《翩鸿记传奇》等。

施士则（1896—1946） 名准，号士则。江苏常熟人。1917 年 8 月 10 日由冯平、许湘、俞剑华介绍入社，入社书编号 949。民国初，任教常熟何市小学、太仓璜泾小学。约 1918 年初，到吴江震泽，任县立第五高等小学国文教师。1924 年转入震泽私立初级中学执教，后任该校校长。此时加入中国国民党。吴江沦陷后，震中迁往上海复课，任代理校长。1940 年上半年，离沪去宁，成为南京汪伪政府教育部长。抗战胜利后退隐苏州，于 1946 年 9 月中风暴卒。

　　施方白（1887—1970）　字方白。江苏崇明（今属上海）人。1922 年 6 月 1 日由茅祖权介绍入社，入社书编号 1101。中国同盟会员。曾任教于崇明县立师范学校。武昌起义爆发，应召急赴上海组织学生军，任司令。受陈其美统率，参加上海光复和攻打南京的战斗。二次革命失败，流亡日本，加入中华革命党，后奉命返沪，曾遭两次追捕。1926 年赴广东参加北伐。抗战期间，坚持家乡敌后抗日斗争。1947 年赴沪参加中国农工民主党成立大会，当选中央委员。

　　闻　宥（1901—1985）　字子威，号野鹤。江苏松江（今属上海）人。1916年5月23日由姚鹓雏介绍入社，入社书编号609。民族语言学家。早年为《民国日报》成员。1929年后，先后任教中山大学、山东大学、燕京大学、北平大学、四川大学、云南大学、西南联大、华西大学等。卒前任中央民族学院教授、中国民族语言学会理事等。著有《古铜鼓图录》《中国文字之本质的研究》《四川汉代画像选集》等。

　　姜　仁（1874—？）　字公勇，号伯承。江苏金山（今属上海）人。1911 年 9 月 16 日由高旭介绍入社，入社书编号 173。

    姜　若（1879—1944）　字参兰，号胎石，别号枕仙。
江苏丹阳人。1911年2月6日由林立山介绍入社，入社书编
号114。1901年入江南陆师学堂。1907年游粤，在两广督
练公所襄治军书，后任编译科提调。在粤时与表弟赵声等游。
光复后任丹阳县长。1913年起，先后任兴化、安吉、奉化、
海盐、绍兴、嘉兴等县县长，参与创办绍兴大明电气股份有
限公司。今有姜慈猷等辑《姜胎石、姜可生诗文选》行世。

姜丹书（1885—1962） 字敬庐。江苏溧阳人，寄籍浙江杭州。1914 年 9 月由李叔同介绍入社，入社书编号 459。画家、美术教育家。清末两江优级师范毕业，应部试，以优等第一名授师范科举人。任教浙江两级师范。1919 年赴日本、朝鲜考察教育。其后，历任上海、杭州各艺术院校教职，长达五十年。初授西画，后从事艺用解剖、透视、美术史等课，均为我国创始者。擅作写意山水，尤长于红柿、红叶。著有《美术史》《艺用解剖学》《透视学》等。

434　　　　　　　九画　南社社友图像集

　　姜可生（1893—1959）　字君西，号杏痴，别号泪杏。江苏丹阳人。姜若弟。1912 年 5 月 29 日由张素、胡允恭、姜若介绍入社，入社书编号 281。毕业于上海神州大学。曾任《民国新闻》《生活日报》《礼拜六》等主笔，创办《大同周报》《丹阳日报》等报刊。历任丹阳县临时县长、江苏建设厅代理厅长等职。新中国成立后，先后受聘为江苏省文史馆与上海市文史馆馆员。今有姜慈猷等辑《姜胎石、姜可生诗文选》《姜可生小说选》行世。

　　洪　璞（1897—1967）　字荆山，号太完。浙江慈溪人。
1919 年 7 月 13 日由沈宗畸、黄澜、黄复介绍入社，入社书
编号 1073。曾在北京殖边银行、宁波旅沪同乡会图书馆及中
华书局等单位工作。1960 年受聘为上海市文史馆馆员。

　　洪炳文（1852—1918）　字博卿，号棣园。浙江瑞安人。1911 年 10 月 6 日由许铸介绍入社，入社书编号 185。出身书香门第，科举屡试屡挫。一生以教馆、游幕为业，未入仕途。曾游幕江西余干、浔阳诸地，任瑞安县中学地理、历史教师，又执教于温州第十中学。民国初，曾任纂修《瑞安县志》之总采访。一生著述甚富，尤以戏曲创作成就最著。著有传奇、杂剧、歌剧和时调、新剧戏本三十七种。今有沈不沉辑《洪炳文集》行世。

　　费　砚（1880—1937）　字剑石，号龙丁，别署佛耶居士。江苏松江（今属上海）人。1915 年由李叔同、丁上左介绍入社，入社书编号 520。1898 年留学日本，归国后，沉潜于诗文、书画、金石及文物。参加沪渎的海上题襟馆金石书画会、西泠印社，时与书画、金石名家会聚交游，又拜吴昌硕为师。后移居杭州，加入李叔同为首任社长的乐石社。抗战开始，返回家乡。松江沦陷，死于日寇枪口之下。著有《瓮庐丛稿》《瓮庐印存》《佛耶居士印存》。

费公直（1879—1952） 字天健，号一瓢。江苏吴江周庄（今属昆山）人。1910年4月由柳亚子、陈去病介绍入社，入社书编号66。1902年赴日本留学，次年返沪，秘密进行革命活动。因遭清廷查缉，1905年再东渡日本，次年归国，任教徽州新安中学，加入中国同盟会。1908年三次东渡日本，入东京医学专门学校。武昌起义爆发，随陈其美攻打江南制造局。袁世凯窃国后，回乡行医。抗战爆发，坚持救死扶伤。行医之余，以绘画书法自娱，精于篆刻。

费荣锦（1882—？） 字悟梦，号织云。江苏吴江人。1909 年 11 月由柳亚子介绍入社，入社书编号 20。早年与柳亚子义结金兰。曾走科举之路，考上秀才不久，科举废除，于是终生执教。先在芦墟坐馆，后到黎里树人小学任教数年。回芦墟后一度在同社袁翰清家当塾师，不久家中失火遭灾，便移居莘塔，继续他的坐馆生涯。曾加入范烟桥组建的同南社，在社刊《同南》发表组诗《明史杂记》。

　　姚　光（1891—1945）　字石子，号凤石。江苏金山（今属上海）人。1909年由高旭介绍入社，入社书编号26。中国同盟会会员。1912年，同其舅父高燮在家乡创立国学商兑会。1918年柳亚子辞去南社主任职，被推举为继任主任，主持南社后期社务。1924年任国民党金山县党部执行委员。1928年与胡朴安、陈乃乾发起组织中国学会，后又发起组织金山县鉴社。抗战爆发，家乡沦陷，姚光蛰居上海租界，搜集各种珍本古籍。今有姚昆群等辑《姚光全集》行世。

姚大慈（1888—？） 字大慈。湖南平江人。1916 年 9 月 10 日由傅熊湘、李澄宇介绍入社，入社书编号 684。

姚大愿（1885—？） 字大愿。湖南平江人。姚大慈兄。1916 年 11 月 8 日由傅熊湘介绍入社，入社书编号 720。1929 年 8 月任江西省政府秘书长，旋于同年 9 月免职。

姚礼修（1882—？）　字粟若。广东番禺人。1916 年 8 月 6 日由孙璞、蔡守介绍入社，入社书编号 664。1920 年代曾任广东公立法官学校校长。1921 至 1926 年间与徐绍棨等组织广州诗钟社。1923 年曾与邓尔雅等创立癸亥合作画社。

姚民哀（1894—1938） 字天亶，号民哀，别号肖尧。江苏常熟人。1916年2月1日由柳亚子介绍入社，入社书编号583。鸳鸯蝴蝶派作家。早年曾从生父朱寄庵习评弹，旅食他乡。1910年在上海参加光复会。武昌起义后，任淞沪光复军秘书。后数年继其父业，与弟菊庵为双档，说《西厢记》，闻名大江南北。1921年佐周剑云编《春声日报》，1923年后主编《世界小报》等。晚年精神失常，抗战时死于乱军中。著有《南技杂谈》《说书闲评》《四海群龙传》等。

　　姚雨平（1882—1974）　字雨平。广东平远人。1912年3月13日由叶楚伧、朱少屏、柳亚子介绍入社，入社书编号233。毕业于广东陆军速成学堂。1907年加入中国同盟会。1911年4月与黄兴、赵声等策划、组织广州黄花岗之役，任调度部长。广州光复后，任广东北伐军总司令。1917年随孙中山南下护法。抗战时期曾致力于救济难民工作，任国民政府顾问。1950年举家由香港回粤，任广东省人民政府参事室主任、省人大代表等。

　　姚勇忱（1880—1915） 名志强，字勇忱。浙江吴兴（今湖州）人。1912年6月由陈去病介绍入社，入社书编号340。早年在上海学习理化，能造炸弹，结识秋瑾。后任课于大通学校，加入光复会。及徐锡麟与秋瑾遇害后，潜赴上海。后往洛阳，任理化教师。一年后返沪，助竺绍康编《中国公报》，停刊后，依沪军都督陈其美，任同盟会上海支部长。曾被选为众议院议员。不久，投王金发。1915年6月王被害于杭州，同年7月1日勇忱受株连亦在杭州遇害。

姚焕章（1896—1963） 字襄陶，一字湘涛。江苏青浦
（今属上海）人。1917 年 4 月 10 日由郁世羹介绍入社，入
社书编号 866。上海江苏省立第二师范毕业，曾去印度尼西
亚爪哇侨校任教两年。归国后服务于青浦小教界，1922 年暑
期，与人组织青光社，创办《青光报》月刊，抨击县政时弊。
"四一二"政变后，遭当局通缉，避至洛阳。回沪后，连续十
年任教于南洋女子中学。1946 年加入中国共产党。新中国成
立后，奉命接收晋元中学，后调任东南中学等校校长。

　　姚鹓雏（1893—1954）　名锡钧，字雄伯，别署鹓雏。
江苏松江（今属上海）人。1912 年 5 月 9 日由柳亚子、陈
陶遗、叶楚伧介绍入社，入社书编号 268。1907 年入京师大
学堂。辛亥革命后返沪。1918 年春，赴新加坡助编《国民日
报》。1927 年任南京市政府秘书长，后改任省政府秘书。从
政之余，兼任东南大学、河海工程学院等校教席。抗战爆发，
迁至重庆，延聘至监察院编纂。新中国成立后，任松江县副
县长。今有《姚鹓雏文集》行世。

姚彝伯（1894—1969） 原名公良，字彝伯。江苏兴化人。1919 年 1 月 13 日由柳亚子介绍入社，入社书编号 1045。生于中医世家，工诗文辞，尤好医学，立志以医济世。曾受聘于兴化中学，教授国文近十年，编有《国学常识讲义》。抗战时期，以《枪杆子与笔杆子》为题让学生作文，激发学生抗日热情。兴化沦陷，携眷避居乡村，以诗词记述遭遇。晚年业医，虽年迈体弱，仍一直担负中医带徒任务。著有《中国医学发展史》等。

　　骆　鹏（1886—？）　字迈南。湖南湘阴人。1915 年 9
月 4 日由傅熊湘介绍入社，入社书编号 556。

　　骆继汉（1885—？）　字墨荪。湖北枣阳人。1913 年由陈家鼎、高旭介绍入社，入社书编号 380。中国同盟会会员。日本早稻田大学政治经济科毕业。1913 年当选为众议院议员。1922 年国会恢复时，仍任众议院议员。

　　秦　毅（1878—?）　字少嵋，号刚武。湖南华容人。1917 年 4 月 21 日由傅熊湘介绍入社，入社书编号 873。民国初年曾供职于长沙《民国日报》馆。

袁　圻（1887—?）　字怀南，号剑侯。江苏海门人。
1911 年 4 月 22 日由俞剑华介绍入社，入社书编号 142。

　　袁金钊（1894—1957）　字铁铮，号天真。江苏吴江人。1917年4月28日由沈昌眉、陈洪涛介绍入社，入社书编号880。成年后，与沈昌眉一起任教黎里县立第四高等小学。参加南社后，又加入了同南社。金钊喜好书法，碑帖并重，家中藏有《瘗鹤铭》传世墨本，据考证是崩落长江之前的宋代拓本。其书法笔势开张，融有篆隶笔意。新中国成立后，任吴江县粮食局文书工作。著见《南社丛刻》《同南集》。

袁翰清（1884—1954）　字镜涵，一字噤寒，号金南。江苏吴江人。1916 年 8 月由沈昌直介绍入社，入社书编号668。早年在家坐馆，赖以养家糊口。民国以后，任教于本镇新式学堂。与金钊年龄相差整整十岁，但兄弟间颇多共同语言，特别是书法一道。翰清与同邑二沈（昌眉、昌直）友善，昌眉诗文皆善，却不善书法，特别是须公之于众的诗文作品，常请翰清代为缮写。翰清长于文章，自认诗词欠佳，常请昌眉修正。二人联手，堪称黄金搭档。

　　莫冠英（1882—？） 号凤孙。广东新会（今江门市新会区）人。1917 年 4 月 1 日由萧吉珊、蔡哲夫介绍入社，入社书编号 854。

夏允麐（1883—1913） 字昕蓁。江苏南汇（今属上海）人，后迁松江。1911 年 3 月 29 日由朱少屏介绍入社，入社书编号 134。青年时期留学日本，1906 年加入中国同盟会。学成归国后，决心兴女学以促革命。乃于寓所附近购屋建校舍，创办清华女校。该校自创设起，即为同盟会松江支部机关。1912 年 12 月，孙中山视察该校，盛赞其对革命所作的贡献。后因经费困难，尽倾私产以维持，并动员其岳父出资相助。正当盛年，不幸早逝。

　　夏丏尊（1886—1946）　名铸，字丏尊。浙江上虞人。1914年9月5日由李叔同介绍入社，入社书编号454。1905年去日本留学，归国后任浙江两级师范学堂通译助教。后因支持五四运动被迫离校，转往湖南第一师范。1921年执教上虞春晖中学，加入文学研究会。1927年任暨南大学中文系主任。同年开明书店成立，任编辑所长。抗战爆发后，任教南屏女中。胜利后被选为中华全国文艺家协会上海分会理事。著有《文艺论ABC》《现代世界文学大纲》等。

夏光鼎（1875—约 1914） 字笑龛，号笑盦。上海人。
1912 年 4 月 7 日由李叔同介绍入社，入社书编号 246。

夏昌炽（1889—1970） 字光禹。江苏青浦（今属上海）人。1912年4月5日由叶楚伧、沈文杰、柳亚子介绍入社，入社书编号244。1913年北京大学土木工程系毕业后，终身供职于交通部门，直至去台湾，于1961年退休。1928年后，曾主持孙中山陵墓陵园全部建设工程，历时六年。1931年主持全国运动大会体育场建筑工程，又曾提出修建武汉跨江大桥之议。

夏钟麟（1873—1954） 原名麐，字应祥。江苏吴江人。1909 年由柳亚子介绍入社，入社书编号 17。前清秀才，后两试未中举人，从此绝意科举，在家设馆授徒。终身以教书为业，乐在其中。自小与同邑二沈（昌眉、昌直）一起长大，堪称"生同里，少同学，长同游"。昌眉且娶钟麟之姐为妻，两家成为姻亲。由于二沈跟柳亚子的关系，钟麟加入南社很早，但从未参加过南社雅集。钟麟生性淡泊，心态平和，享年 81 岁安然离世。著见《南社丛刻》。

　　顾　澄（1883—?） 原名浩然，字养吾，号澄亚。江苏无锡人。1912年1月28日由柳亚子、王蕴章、朱少屏介绍入社，入社书编号209。1911年6月在北京清华学堂任教，与胡敦复、顾宝瑚等组织成立立达学社。1912与胡敦复、顾宝瑚等在上海创办大同学院。后曾任交通大学教授，并与胡敦复、熊庆来等人倡议筹建中国数学会。抗战全面爆发后，任汪伪政府教育部长。

　　顾平之（1882—?）　浙江海宁人。1914年6月由吴豹军、柳亚子介绍入社，入社书编号425。

　　顾宝瑚（1889—1924）　字珊人。江苏金山（今属上海）人。1910年由柳亚子介绍入社，入社书编号38。1911年6月在北京清华学堂任教，并与胡敦复、顾澄等组织成立立达学社。1912年3月与胡敦复、顾澄等在上海创办大同学院（1922年9月改称大同大学）。

顾彦祥（1883—？） 字振庠。浙江嘉善人。1910 年由陈陶遗介绍入社，入社书编号 41。

　　顾悼秋（1893—1929）　字退斋，一字崧臣，号悼秋，别号灵云。江苏吴江人。1911 年 7 月 11 日由柳亚子介绍入社，入社书编号 161。一生以教书为业。能绘画，爱唱昆曲，擅长填词、吟咏、篆刻、书法。1915 年袁世凯加紧复辟，与柳亚子等在家乡组织酒社，长歌当哭，赋诗泄愤，自称"神州酒帝"。著有《服媚室酒话》，记述许多南社社友闹酒豪饮的趣闻。曾协助陈去病编辑《吴江县志》，与柳亚子一道搜罗乡邦文献。又自辑《禊湖诗拾续编》《笠泽词征补编》。

顾舜华（1896—？） 字志瑾。浙江嘉善人。1917 年 11 月 19 日由沈凤章介绍入社，入社书编号 997。

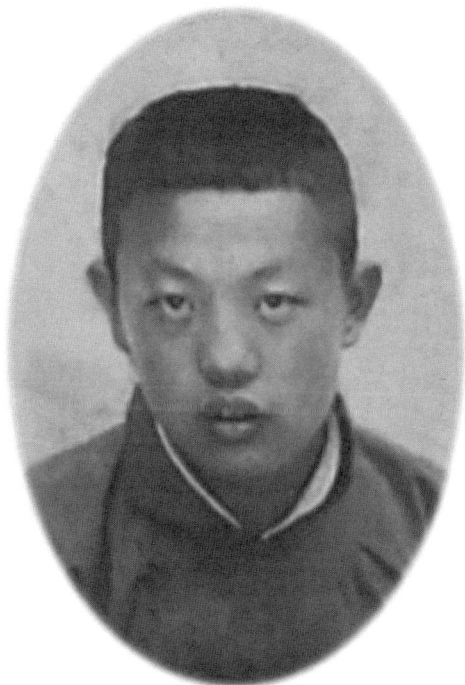

顾震生（1897—？）　字旦平。江苏太仓人。1914年9月由朱少屏、胡寄尘、胡朴安介绍入社，入社书编号464。

铁禅和尚（1870—1946） 俗名刘秀梅，法名铁禅。广东番禺人。1916 年 11 月 25 日由蔡守介绍入社，入社书编号 734。1884 年入刘永福黑旗军，参加谅山战役。后入广州六榕寺为僧，旋为住持。1903 年捐献寺产，为黄埔武备学堂毕业生赴日留学经费。1938 年广州沦陷，丧节投敌，任日伪华佛教协会会长。曾两度出访日本，拜谒天皇裕仁。抗战胜利后以汉奸罪被捕，死于狱中。

　　　　　　十画　南社社友图像集

　　钱永铭（1885—1958）　字新之。浙江吴兴（今湖州）
人。1915 年由朱少屏介绍入社，入社书编号 510。早年留学
日本，攻读财经、银行学。归国后，历任中国银行无锡分行
经理、财政部次长、浙江省财政厅长、中兴煤矿公司总经理、
中兴轮船公司董事长、交通银行董事长等职。早年曾为蒋介
石发动"四一二"政变筹款，西安事变时多方奔走营救蒋氏，
抗战时帮助戴笠进行情报活动。1948 年与杜月笙筹建复兴航
业公司，任董事长。南京解放后迁至台湾。

　　钱厚贻（1882—1932）　字鸿宾，号红冰。浙江平湖人。1909 年 11 月由高旭介绍入社，入社书编号 22。骈文、散文均佳，诗近晚唐，有"平湖才子"之称。性嗜杯中物，饮酒半醉，往往诗兴大发，提笔一挥而就。曾任教松江柘湖书院，讲诗文课。曾参加东林诗社。著有《殉学记传奇》。

钱祖宪（1884—1926） 字叔度。江苏吴江人。1909年11月由柳亚子介绍入社，入社书编号19。早年任教吴江黎里树人小学、县立第四高等小学。1911年秋，应金松岑邀，任同里同川小学校长，凡七年。后任吴江中学国文教师。曾印行邑前辈明代烈士《潘力田先生诗集》。1926年夏，与友人作罗星洲之宴，因菜肴不洁，染上霍乱，遂至不起。著有《畏垒山房文集》。

钱润瑗（1893—1938） 字景蘧，一字攘白，号剑魂，别号镜明。江苏金山（今属上海）人。1912 年 11 月由高旭、高燮、姚光介绍入社，入社书编号 358。国学商兑会成员。

　　徐　毅（1893—1962）　字弘士，号铁儿。江苏吴县周庄（今属昆山）人。1917年10月6日由叶楚伧、王德钟介绍入社，入社书编号986。早年就读于苏州高等学堂。毕业后，先到上海女子中学任国文教师，后应邀入《民呼报》《民国日报》任编辑。孙中山逝世，任国父葬事筹备处上海联络处书记。抗战时期，先后任国民党中央党部文书科长、处长、专员等职。著见《南社丛刻》。

徐　麟（1891—1974）　字泉孙。江苏吴江人。1916 年
2 月由钱祖宪介绍入社，入社书编号 582。苏州江苏省立第
一师范毕业后，留校任教数年。1923 年一师设农村师范分校
于吴江，应聘任教，兼为训育员。1926 年至南京，任财政局
文牍课长。1927 年以后，因病返家休养。此后常与业师金松
岑，同窗好友张圣瑜、范烟桥等人书函、诗文往返。喜藏书，
秦汉以来名家著作多至两千余册，亦为青年义务教读。擅长
书法。

　　徐大纯（1884—？） 字只一。江西赣县人。1912 年
9 月 17 日由景耀月、仇亮、朱少屏介绍入社，入社书编
号 307。

徐天复（1892—1915） 原名裕，字天复，号血儿。江苏金坛人。1912 年 11 月 24 日由叶楚伧、胡朴安、余天遂介绍入社，入社书编号 362。早年加入中国同盟会。1909 年任《民呼报》外勤记者。1911 年主《民立报》笔政。又与邵力子创办《民国汇报》，为编辑主任。二次革命失败后，与叶楚伧创办《世界杂志》，因揭露袁世凯被通缉。病逝于沪。著有《沪上春秋》《宋渔父》（与邵力子、杨千里、朱宗良、叶楚伧合作）。

　　徐天啸（1886—1941）　名啸亚，字天啸。江苏常熟人。1917 年 8 月 28 日由姚民哀介绍入社，入社书编号 950。1912 年主《民权报》笔政，主管社说及评论。1914 年创办《小说丛报》，又曾主持《黄花旬报》。后主编广州《大同报》，任教上海青年会中学，任职考试院。擅写草书，尤工刻印。著有《太平建国史》《神州女子新史》《珠江画舫话沧桑》等。

徐自华（1873—1935）　字寄尘，号忏慧。浙江石门人。
1909 年由陈去病介绍入社，入社书编号 11。曾师事陈去病。
初任南浔女校教员。与秋瑾结为盟姊妹，1906 年由秋瑾介绍
加入中国同盟会和光复会。助秋瑾在上海刊行《中国女报》，
后又资助秋瑾起事。秋瑾殉难后，在杭州西湖岳王坟侧，买
地为之安葬。又和陈去病等结秋社，被推为社长。1913 年在
上海创办竞雄女校，任校长。著有《忏慧词》《听竹楼诗集》。
今有郭延礼辑《徐自华诗文集》行世。

　　徐声金（1874—1958）　字难愚，一字兰於，号兰如。
浙江天门人。未填写入社书，编号 53。

徐作宾（1881—1951） 字溥泉。浙江仙居人。1914 年
9 月 15 日由李叔同介绍入社，入社书编号 455。1905 年东
渡日本，加入中国同盟会。1906 年归国执教于上海爱国女校。
1912 年，应浙江一师校长经亨颐聘请任体育教师。1924 年，
在北伐军东路军总指挥部党代表办事处工作。1927 年 2 月，
北伐军进入杭州，任义乌县县长。任内同情共产党，支持农
会同土豪劣绅作斗争。1938 年，负责恢复仙居初级中学筹备
工作。不辞劳瘁，苦心擘划，为桑梓教育事业作出贡献。

徐绍棨（1879—1948）　字信符。广东番禺人。1916 年
12 月由蔡守、胡熊锷介绍入社，入社书编号 737。早岁肄业
学海堂、菊坡精舍。以从事教育至终，历任广东高等师范学
堂、广东大学、中山大学、岭南大学讲师、教授，凡目录、
版本及中国文学史无不讲授。曾兼任广东省立图书馆馆长，
又创办广雅印行所，刊行《广雅丛书》。抗战期间，避居香
港、澳门。1946 年任中山大学教授兼广东文献馆理事等职。
著有《中国文学史》《广东藏书记略》《屈原注释集粹》等。

徐枕亚（1889—1937） 名觉，字枕亚。江苏常熟人。
鸳鸯蝴蝶派代表作家。1917 年 8 月 28 日由姚民哀介绍入社，
入社书编号 951。虞南师范学校毕业，曾当小学教员。民国
后到上海任《民权报》、中华书局编辑，主编《小说丛报》，
开办清华书局，编《小说季报》。1934 年回常熟。曾开设乐
真庐，鬻字、刻印，兼营古玩。晚境坎坷，生活贫困。著书
甚多，以《玉梨魂》《雪鸿泪史》《余之妻》最有名。

徐宗鉴（1882—1951） 字粹庵，号维公，别号惕僧。
江苏常熟人。1912 年 2 月 21 日由费公直、柳亚子、邹亚云
介绍入社，入社书编号 217。幼从父兄习经史诗文，后赴上
海习新学。先后在广西桂林学堂、上海湖州旅沪公学、山东
青州学堂、上海尚公小学任教，后任尚公小学校长。1905 年
加入中国同盟会。上海光复后，入沪军都督府任职。二次革
命后，赴广州参与大元帅幕府。后当选江苏省第二届参议员。
抗战时期任伪职。新中国成立后被捕，判死刑。

徐思瀛（1875—？） 字梦鸥。浙江德清人。1915 年由丁三在介绍入社，入社书编号 532。

　　徐朗西（1885—1961）　字应唐，号峪云。陕西三原人。
1911 年 6 月 9 日由俞剑华介绍入社，入社书编号 155。早年
留学日本，加入中国同盟会。二次革命后在上海创办《生活
日报》，任主笔；与朱执信共办《民意报》。1914 年夏任中华
革命党党务部第五局局长。1931 年接办上海新华艺术专科学
校，任校长。抗战爆发后，与中共地下党组织建立联系，掩
护、营救革命人士。新中国成立后，任上海市政协委员、人
大代表。著有《艺术与社会》等。

　　徐道政（1866—1950）　字平夫，号病无。浙江诸暨人。1914 年 9 月 18 日由李叔同介绍入社，入社书编号 457。前清举人。肄业京师大学堂。后执教浙江两级师范及第一师范，授《说文解字》。1919 年间任浙江第六师范校长，兼授中国文字学。擅长书法，能奏古琴。著有《中国文字学》《得古琴记》《诸暨诗英》等。

　　徐蕴华（1884—1962）　字小淑。浙江石门人。徐自华妹，林景行夫人。1909 年由陈去病介绍入社，入社书编号12。少年时随姐自华就读南浔女校，时秋瑾任教于该校。后毕业于上海爱国女校。1906 年由秋瑾介绍加入中国同盟会和光复会。协助秋瑾创办《中国女报》。1907 年秋瑾殉难，与自华共为冒死营冢西泠。1914 年出任崇德女子师范学校校长。新中国成立后，受聘为上海市文史馆馆员。今有周永珍辑《徐蕴华、林寒碧诗文合集》行世。

　　殷　仁（1887—1915）　字人庵。湖南长沙人。1912 年
10 月 21 日由邓家彦、胡朴安、汪洋介绍入社，入社书编号
347。曾留学日本，1915 年曾在《南社丛刻》十三集，发表
《登凌云阁——阁在日本东京高十三级》。是年在该刊，还发
表有《与南社诸子书》，还有不少诗作，如《民国三年元日
庐山晓望》等。此前于 1912 年，还为上海《女权》月刊撰
《女权报序》。1913 年又有文见于《良心》月刊。

　　殷汝骊（1883—1940）　字铸夫，号桂公。浙江平阳人。
1912 年 10 月 3 日由周珏、朱少屏、朱肇昇介绍入社，入社
书编号 315。毕业于上海震旦大学，后入日本早稻田大学，
加入中国同盟会。1913 年当选国会众议院议员。二次革命失
败后，赴日本。1916 年 7 月任中华民国财政部次长。1920
年任琼崖实业交通事务处处长、江苏省银行总经理。1927 年
5 月任福建省政府委员，1932 年任国民政府文官处参事，后
离职在上海执行会计师业。著有《开发琼崖》《琼崖调查记》。

奚　侗（1878—1939）　字度青，号无识。安徽当涂人。1912 年 9 月 14 日由叶玉森介绍入社，入社书编号 305。毕业于日本明治大学法科，获法学学士学位。归国后，先后任镇江地方审判厅推事，清河、吴县地方审判厅厅长。1914 年起历任海门、江浦、崇明等县知事。1933 年受聘当涂修志局，参与编纂《当涂县志》。日寇占领南京期间，被迫举家避难故乡。1939 年携家返宁，严词拒绝汪伪政府邀其从政，闭门写作。著有《庄子补注》《老子集解》《说文采正》等。

奚　囊（1876—1940）　字生白，号燕子。江苏南汇（今属上海）人。1916 年 5 月 4 日由张一鸣、姚鹓雏介绍入社，入社书编号 593。与戚牧结金兰契，合编《销魂语》杂志。又隶丽则吟社，奉杨古酝为祭酒。早年生活优裕，六月消暑，于沪西味莼园，赁藕花榭，招戚牧辈设榻其间，分韵剖瓜，敲诗话雨为乐。因不事生产，晚境艰困。著有《绿沉沉馆诗词稿》《呢喃集》《桐阴续话》等。

　　高　旭（1877—1925）　字天梅、慧云，号剑公、钝剑。
江苏金山（今属上海）人。1909 年 10 月入社，入社书编号
2。早年参与创办《觉民》杂志，出版《觉民》月刊。1904
年赴日本留学，次年加入中国同盟会，任江苏主盟人，参与
创办《醒狮》杂志。1906 年归国，在上海组建同盟会江苏分
会，任会长，并创办健行公学。1909 年与陈去病、柳亚子发
起成立南社。1913 年当选为国会众议员。今有郭长海、金菊
贞辑《高旭集》行世。

　　高　杏（1885—？）　字倚云。江苏金山（今属上海）人。高旭从妹，林棠夫人。1915 年 5 月由柳亚子、姚光介绍入社，入社书编号 505。同年，曾与林棠及女儿好修参与高燮、姚光、柳亚子发起的杭州之游，有《三子游草》记其事。

　　高　珪（1899—1971）　字介子，号君介。江苏金山（今属上海）人。高旭从弟。1915 年 5 月由姚光介绍入社，入社书编号 503。弱冠后，从吴江金松岑为师有年。善书，尤擅柳公权体。曾创办金山图书馆，任光华大学助教。1922年集资出版金松岑的《天放楼诗集》。与上海圣约翰大学教授王巨川、申报馆编辑黄维荣通谱，常诗词唱和，交往密切。白日常蒙被而睡，晚上辄吟诵诗词，音调悦耳。抗战时合家避难沪上。1959 年受聘为上海市文史馆馆员。

　　高　燮（1879—1958）　字时若，号吹万。江苏金山（今属上海）人。高旭从父。1912年3月31日由柳亚子介绍入社，入社书编号240。1903年与高旭等创办觉民社，出版《觉民》月刊。1906年参加国学保存会。1912年与姚光等成立国学商兑会。后又任古物保管委员会金山支部会委员等。藏书极富，抗战时，除《诗经》外，藏书与其闲闲山庄同付劫灰，嗣避居上海。新中国成立后，将所藏《诗经》数百种献与国家。亦善书，学颜真卿。今有高铦等辑《高燮集》行世。

　　郭　惜（1879—1961）　字景庐，号步陶。四川隆昌人。
1910 年由朱少屏介绍入社，入社书编号 84。早年就读南洋
中学。民国初年任职《申报》。1917 年入《新闻报》任编辑、
主任、主笔。1930 年起兼任复旦大学新闻系教授。1937 年
上海沦陷后辞职，赴香港任青年记者学会香港分会中国新闻
学院院长。著有《编辑与评论》《西北旅行日记》《国文典表
解》等。

郭人漳（？—1922） 字葆生。湖南湘潭人。未填写入社书，编号 52。历任众议院议员。

郭开第（1877—？）　字涛僧。湖南常宁人。1916 年 9 月 1 日由傅熊湘、陈家鼐介绍入社，入社书编号 678。1921 年 5 月，曾在湖南劳工会刊物《劳工》发表论著《告工人》。

　　席　绶（1886—1943）　字资生，又字季五、克南。湖南东安人。1913年由陈家鼎、陈去病、高旭介绍入社，入社书编号385。中国同盟会会员。武昌起义后被推为衡永郴桂保安总会会长，并在湖南创办《天民报》，任同盟会湘支部长。后曾任第一届国会众议院议员、第一次恢复国会议员、护法国会议员、第二次恢复国会议员。

　　唐有烈（1897—？）　字九如。江苏吴江人。1917年5月由沈昌眉介绍入社，入社书编号904。民国年间，就读北京朝阳大学，毕业后在水利部工作。1920年，借镇上陆鸥安家藏抄本，自费印行《午梦堂集》，广为散发，深得柳亚子等赞赏。同社沈昌眉原住芦墟北袁家浜，深感住房逼仄，有烈主动登门，表示愿将自家三间平房借与昌眉一家。1926年，昌眉移家司浜里，与有烈紧邻，二人相与谈诗论文，相得益彰。

　　唐耕余（1890—1977）　名九，字耕余。江苏吴江人。1911 年 5 月 6 日由费荣锦介绍入社，入社书编号 147。童年由父亲启蒙教育，17 岁赴苏州就读存养书院（东吴大学前身）。一生淡泊名利，爱好广泛，偏嗜书画。每天临帖摹碑，数十年从未间断。新中国成立后，好友张冲玉介绍其去北京故宫博物院鉴定字画，因年高体弱，又怕目力不济，婉言谢绝。1950 年代，将多年书法心得撰成专著《书谱赘言》，约三十万言，可惜在"文革"中被付之一炬。

　　唐群英（1871—1937）　字希陶。湖南衡山人。1911 年
10 月 10 日由傅熊湘、黄钧、阳兆鲲介绍入社，入社书编号
193。1904 年赴日留学，次年加入中国同盟会。1908 年归国，
先后在沪宁等地从事革命活动。嗣又赴日求学。武昌首义归
国，在上海组织女子北伐队、妇女后援会，亲率队员参战建
勋。民国成立后，在南京组织民国女子参政同盟会，被选为
社长。该会迁北京后，先后创办《妇女新报》《女子白话报》
及《亚东丛报》。1933 年后任国民党党史编纂委员会委员。

凌　毅（1885—1930）　字蕉庵。安徽定远人。1916 年
8 月由邵瑞彭介绍入社，入社书编号 671。与柏文蔚、郑芳
荪等发起组织岳王会、信义会等，并加入中国同盟会。1907
年参加秋瑾、徐锡麟起义，负责运送军火。1913 年参加二次
革命，后流亡日本，加入中华革命党，任安徽支部长兼中华
革命军江皖总司令。1917 年南下广州参加护法，奉孙中山命
赴天津与段祺瑞、张作霖谈判，结成三角反直同盟。后策动
冯玉祥发动北京政变，并邀请孙中山北上。

凌光谦（1899—1974）　字诵益，号吉六，别号结绿。
江苏吴江人。1917 年 8 月 4 日由费荣锦介绍入社，入社书编
号 948。

凌鸿年（1879—1962） 字去愚。广东番禺人。1917 年
3 月 23 日由蔡守介绍入社，入社书编号 844。1900 年留学日
本，后加入中国同盟会。1919 年出任广东省员警厅厅长。新
中国成立后曾任番禺市政协委员。

　　凌景坚（1897—1951）　字昭懿，一字太昭，号莘安，别号莘子。江苏吴江人。1915 年 6 月 6 日由王德钟介绍入社，入社书编号 542。工诗。柳亚子曾谓："分湖后起之秀，吾推凌太昭"。早年毕业于上海大同大学。1923 年创办《大分湖》半月刊。1924 年，加入改组后的中国国民党，后任区分部执行委员。抗战期间，凌家祖宅及其紫云楼被日寇焚毁。吴江解放前夕，1949 年 3 月，加入中共地下党。著有《紫云楼遗诗》，未刊。

  诸宗元（1875—1932） 字贞壮，号大至。浙江山阴（今绍兴）人。1909 年 11 月由陈去病、柳亚子、朱少屏介绍入社，入社书编号 265。南社虎丘首次雅集十七位参与者之一。中国同盟会会员。1904 年与黄节、邓实等创设国学保存会于上海，发刊《国粹学报》。曾游幕于湖广总督瑞澂任上。民国成立后，历任全国水利局总裁张謇秘书、浙江督军府秘书兼电报局局长。1929 年任教育部简任秘书。善书法，著有《中国书学浅说》《吾暇堂类稿》《秦环楼谈录》等。

谈月色（1891—1976） 名溶，字月色，号溶溶。广东顺德人。1920 年 10 月 27 日由蔡守介绍入社，入社书编号1085。幼年为尼，31 岁始还俗，嫁同社蔡守，客寓南京近四十年。笃志钻研金石书画数十年，刻印、画梅、瘦金书是其"三绝"。1928 年曾任黄花考古学院研究员、广州博物馆专员。1941 年蔡病故后，迫于生计，以书画吟咏、治印抄书为生。新中国成立后，受聘为江苏省文史馆馆员。著有《月色诗集》《月色印谱》《中国梅花史》等。辑有《寒琼遗稿》。

　　陶　牧（1874—1934）　字伯荪，号小柳。江西南昌人。1909 年由陈去病介绍入社，入社书编号 28。早岁游幕四方，客北京较久，一度出关，参加辽社。倦游归来，寓居苏州、上海，历任南汇、太仓等县县长，和胡朴安、胡栗长、俞剑华最为友善。工填词，以传递唱和为乐。生平所作，诗多于文，词更多于诗。身后，胡朴安、俞剑华拟整理其遗稿，稿存其婿冯某处，奈秘不出示，也就无从整理了。

陶　铸（1886—1962）　字冶公，号望潮。浙江会稽
（今绍兴）人。1912 年 2 月 15 日由章梓、费公直、朱少屏介
绍入社，入社书编号 214。早年留学日本，参加中国同盟会，
任评议部部长。1910 年加入光复会。次年归国投身辛亥革命，
参加光复南京之役。1932 年在洛阳参加抗日国难会议。由于
反蒋，不得重用。后经居正等荐，任国民政府中央公务员惩
戒委员会委员。中年以后信奉佛教。新中国成立后，历任浙
江省政府委员等职。曾被错划为右派，后得以改正。

　　陶赓照（1888—1948）　字承周，号神州。浙江钱塘
（今杭州）人，后移居江苏吴江。1910 年由柳亚子介绍入社，
入社书编号 81。1904 年春，与柳亚子等一起就读金松岑创
办的同里自治学社。1905 年下半年，一起发起成立自治学会，
创办油印的《自治报》（后改名《复报》），星期日出刊，上午
油印，下午上街散发。后读苏州铁路学堂，毕业后就在铁路
系统工作。

　　黄　人（1866—1913）　字慕庵，号摩西。江苏常熟人。未填写入社书，编号 13。博学多才，有南社才子之称。1900 年与章太炎同受聘于东吴大学。黄为文学教授、国学总教习。同年在苏州与庞树松、庞树柏兄弟组织成立三千剑气文社，并与黄谦斋、庞树松创办苏州历史上第一张白话报《独立报》。1907 年 1 月在上海创办《小说林》月刊，任主编。后患精神病而死。著有《中国文学史》《摩西词》《摩西遗稿》等，译有《大狱记》《哑旅行》《银山女王》等。

　　黄　节（1873—1935）　原名纯熙，字晦闻。广东顺
德人。1913年4月由陈去病、高旭介绍入社，入社书编
号375。清末与章太炎、邓实等在沪创设国学保存会，刊行
《国粹学报》，主笔政，又助邓实编辑《政艺通报》。1909年
在香港加入中国同盟会。辛亥革命后，任广东高等学堂监督。
1916年后，历任北京大学教授等。1923年2月任广州大元帅
府秘书长。1929年仍回北大，兼清华研究院导师。著有《中
国通史》《中国文学史》《蒹葭楼诗》《汉魏乐府风笺》等。

黄　永（1870—?）　字青海。广东香山（今中山）人。
1917 年 1 月 1 日由蔡守介绍入社，入社书编号 779。

　　黄　兴（1874—1916）　原名轸，字廑午，号克强。湖南善化（今长沙）人。1912 年 10 月 21 日由陈其美、朱少屏、姚雨平介绍入社，入社书编号 323。1902 年赴日本留学，参加拒俄运动。次年归国，与蔡锷、陈天华等成立华兴会，任会长。1905 年在日本与孙中山共组中国同盟会，自后为多次武装起义主要领导之一。武昌起义，任战时总司令。南京临时政府成立，任陆军总长。二次革命，任江苏讨袁军总司令。遗著编为《黄兴集》《黄克强先生全集》。

黄　侃（1886—1935）　字季刚。湖北蕲州（今蕲春）
人。1912 年 3 月 1 日由柳亚子、陈陶遗、叶楚伧介绍入社，
入社书编号 221。1905 年留学日本早稻田大学，又师事章太
炎，加入中国同盟会。1912 年主办《民声日报》。1913 年出
任直隶都督府秘书长。之后，历任北京大学、东南大学、金
陵大学、中央大学等校教授。擅音韵训诂，兼及文学，又善
书籀篆，被称为国学大师。著有《量守庐日记》《声韵通例》
《尔雅略说》《音略》《文心雕龙札记》等。

　　黄　复（1890—1963）　字娄生，号病蝶。江苏吴江人。1915 年 5 月 1 日由柳亚子、顾悼秋介绍入社，入社书编号498。同年中秋加入酒社。酒社数年集会，每集必到。其中1919 年中秋，远在北京任教，柳亚子飞简相招，急走三千里，会于黎里金镜湖上。十三人撰作诗词五十余首，由其带至北京，编辑成册，因租赁的湖船名闹红舸，取名《闹红集》，又请著名画家绘《闹红秋禊图》，广征题咏以寄意。据传，《闹红集》后收藏于张伯驹处。

　　黄　郛（1880—1936）字膺白。浙江绍兴人。1916 年
8 月由高旭、张庭辉介绍入社，入社书编号 672。1904 年入
浙江武备学堂，旋留学日本，次年加入中国同盟会。武昌起
义后，赴沪协助陈其美，参与上海光复，后任江苏都督府参
谋长。二次革命失败，流亡日本、美国。1915 年护国运动起，
回上海参与策动浙军反袁活动。后任北京政府外交总长、教
育总长兼代国务总理。1927 年后，被任命为上海特别市市长、
外交部部长等。著有《欧战之教训与中国之将来》等。

　　黄　钧（1889—1943）　字梦蘧，号栩园。湖南醴陵人。1911 年 5 月 14 日由傅熊湘介绍入社，入社书编号 149。曾任上海《铁笔报》、湖南《长沙日报》及南洋巴达维亚《天声日报》编辑、总编等。著有《一昔词》《南洋》等。

　　黄　堃（1882—？）　号巽卿。湖南湘潭人。1912 年
9 月 12 日由傅熊湘、黄钧、方荣杲介绍入社，入社书编号
335。

　　黄　澜（1879—？）　字簸孙，号定禅。广东梅县人。
1914 年 4 月 1 日由朱少屏、林百举、谢良牧介绍入社，入社
书编号 403。著有《百琲珠》《改良江浙蚕丝议》。

黄　镠（1888—？） 字咸夷。湖南湘潭人。1916年9月8日由傅熊湘、黄钧介绍入社，入社书编号681。早年曾参与筹备《三楚新闻》。1916年9月任《长沙日报》编辑，不久任《湖南新报》主笔。

　　黄元琳（1893—1943）　字稚鹤，号自愕。江苏吴江人。1917年1月27日由黄复介绍入社，入社书编号792。善书法，懂绘画。民国初，曾在县粮食局工作，因官员贪污受贿，不愿同流合污，不久即辞职返里。刚过而立之年，患上肺结核病，只能居家养晦。家境清贫，节衣缩食，尽心培养四个子女，后来有的考入师范学校，老大、老二则先后考入复旦大学。同社加姻亲的蔡寅相赠一副对联："藤垂绝壁云添润，风静寒塘花正开。"以景寓意，写出其身世。

黄忏华（1890—1977）　字璨华，号凤兮。广东顺德人。1911 年 8 月由黄宾虹介绍入社，入社书编号 338。早年留学日本，毕业于帝国大学。专攻哲学、文学，尤专心于佛学。1919 年加入少年中国学会。曾任国民政府考试院考选委员会专员、司法行政部秘书等职。抗战期间，任教于复旦大学、厦门大学。新中国成立后，1961 年受聘为浙江省文史馆馆员。著有《佛学概论》《中国佛教史》《西洋哲学史纲》《近代文学思潮》《近代美术思潮》《水经注捃华稿本》等。

　　黄宾虹（1865—1955）　名质，字朴存，一字朴人，号宾虹。安徽歙县人。1909年11月由朱少屏介绍入社，入社书编号96。南社虎丘首次雅集十七位参与者之一。早年赞同变法，戊戌政变后逃亡上海。曾协助编辑《政艺通报》《国粹学报》《国粹丛书》。先后任职于《上海时报》、神州国光社、商务印书馆。1937年举家迁往北平。1948年，应杭州国立艺专之聘南下任教。新中国成立后，任全国政协委员、中国美协华东分会主席。今有上海书画出版社辑《黄宾虹文集》行世。

　　黄喃喃（1883—1955）　北京人。1912 年 4 月 20 日由
费公直、李大钧、蔡寅、景耀月介绍入社，入社书编号 261。
早年留学日本。曾参与创办自由剧团，演出剧目有《鬼士关》
《情天恨》《社会钟》《家庭恩怨记》等。

黄慕松（1884—1937） 名承恩，字慕松。广东梅县人。1912年10月2日由朱少屏介绍入社，入社书编号314。早年留学日本，加入中国同盟会。武昌起义后，任民军参谋长。民国成立后，被任命为大总统府军咨府第四局局长。1918年冬，赴英国留学，并在德法两国考察。1927年任国民革命军第三师师长，参加北伐战争。1930年代理陆军大学校长。不久奉派去英国出席万国航空会议、万国航空摄影测量会议等。1936年任广东省政府主席。1937年病逝，追赠陆军上将衔。

萧　蜕（1876—1958）　字蜕庵，号蜕公。江苏常熟人。1914年4月26日由柳亚子、陈去病、庞树柏介绍入社，入社书编号409。早年参加中国同盟会。民初先后任教于苏州明德小学、上海爱国女校、城东女校等，后代理爱国女校校长。1928年与黄宾虹、胡朴安等在上海创办国画补习班。新中国成立后，受聘为江苏省文史馆馆员。工书，擅写各体，尤工篆书。兼精小学，又善治印。著有《蜕盦诗钞》《小学百问》《音韵发伏》等。

　　萧公权（1897—1981）　原名笃平，字公权。江西泰和人。1915 年 6 月 1 日由刘鹏年介绍入社，入社书编号 538。1920 年清华学校毕业，留学美国，1926 年获康奈尔大学哲学博士学位。归国后，历任南方大学、国民大学、南开大学、东北大学、燕京大学、清华大学、四川大学、华西大学教授。1948 年秋，任台湾大学教授。次年秋赴美，任华盛顿大学教授，直至 1968 年退休。病逝于美。著有《中国政治思想史》等。今有张允起辑《中国近代思想家文库·萧公权卷》行世。

萧公望（1880—?） 字韵珊。广东平远人。1914年3月由朱少屏、胡寄尘、林百举介绍入社，入社书编号399。清末，在汕头邮政局任职。辛亥潮汕光复，任潮属民军陈芸生部参谋长。民国初年曾任上海《生活日报》编辑。后任兴宁县知事。1933年50余岁时，尚居福建漳州，后不知所终。

　　萧锡祥（1893—1956）　字吉珊。广东潮阳人。1917 年
2 月 9 日由蔡守介绍入社，入社书编号 801。广东高等师范
学校毕业。后任黄埔军校秘书、国民党中央监察委员会秘书
长、中央执行委员、广东省政府委员、海外部副部长、"国大
代表"等职。后往南洋经商，往返于台湾，为"中央评议委
员"。后因翻车殁于金边。

　　梅光迪（1890—1945）　字觐庄。安徽宣城人。1914 年7 月由杨杏佛、任鸿隽介绍入社，入社书编号 439。肄业安徽高等学堂，以官费留学美国，先后入西北大学及哈佛大学。1914 年参与发起中国科学社。1920 年归国，任南开大学英文系主任、东南大学西洋文学系主任，创刊《学衡》杂志。1924 年再度赴美，授学于哈佛。1927 年归任中央大学代理文学院长。后又往哈佛。1936 年归国，任浙江大学文理学院副院长、院长。今有梅铁山主编《梅光迪文存》行世。

　　曹　斌（1887—1944）　字宪章。江苏高邮人。1916 年
7 月由曹凤仪、曹凤笙介绍入社，入社书编号 657。1912 年
毕业于扬州府中学。1916 年毕业于上海中国公学法政专科。
返里，执律师业。江苏省长韩国钧题"法熙人和"匾相赠。
1944 年病故，柳亚子、沈钧儒、邵力子及戴季陶等社友曾
从重庆发来唁电。汉奸王某前往吊唁，被其子拒之门外，曰
"先父遗言，汉奸不容吊唁，免污圣洁之地！"

　　曹凤仪（1864—1942）　字翔廷。江苏高邮人。1915年3月30日由柳亚子、周伟、曹凤笙介绍入社，入社书编号493。民初曾任高邮县王营镇第一小学校长。1918年当选江苏省议会议员，并任崇正小学校长。1921年任《三续高邮州志》名誉采访。凤仪为人幽默，联语亦诙谐。一日，有学生未满三十即要做寿，并求其为撰寿联。凤仪再三推辞不允，于是书联云："花甲半数犹未足，古稀四折有零头。"晚年以诉讼闻名乡里。

　　曹凤箫（1891—1950）　字仲韶，号觉庵。江苏高邮人。1914年8月21日由柳亚子介绍入社，入社书编号449。1911年，毕业于两江法政学堂。历任宁波地方法院民事庭推事，浙江高等法院民事庭推事、庭长，最高法院民事庭推事、第八庭庭长，司法部常务次长等职。其间，先后担任南京中央大学等校教授。抗战期间，汪伪最高法院院长数次登门威逼利诱，胁其投逆，均遭拒绝。新中国成立前去台湾，因脑溢血病故台北。著有《民事诉讼实务》等。

戚　牧〔1877—1938〕　字饭牛。浙江余姚人。1913 年 7 月 26 日由周伟、古直介绍入社，入社书编号 386。1908 年到上海。主编《国魂报》，与奚囊、吴眉孙等并称"国魂七才子"（一说九才子）。1914 年与奚囊、汪野鹤合辑《销魂语》月刊。历任中学教员、圣约翰大学教授，又讲国学于电台。教职之余以投稿及书画为副业。为文喜作小品，以诙谐幽默著称。书法善于摹写《云麾碑》。著有《诗人小传》《啼笑因缘弹词》《红绣鞋弹词》等。

　　龚尔位（1886—?） 字醉厂，号芥弥。湖南湘乡人。1911年6月6日由傅熊湘介绍入社，入社书编号154。民国初年长沙《大公报》成员。

　　盛昌杰（1892—？） 字剑星。江苏南汇（今属上海）
人。1916 年 5 月 4 日由杨锡章、姚鹓雏介绍入社，入社书编
号 594。

　　章　阁（1883—1934）　字巨摩。浙江丽水人。1915 年
5 月 9 日由陈布雷、柳亚子介绍入社，入社书编号 511。少
有大志，肄业浙江武备学堂，密谋革命。当局暗中派人探伺，
几不免，遂改名换姓遁走慈溪，致力于诗文。辛亥革命后，
流寓沪上，以教书卖文为生，牢愁抑郁。同社陈布雷曾作书
劝慰，其甚为感动。间撰说部，散刊民初刊物。兼治岐黄，
从恽铁樵学，铁樵所著医书，由其襄助葺理。著有《中医学
修习题解》。

　　章　梓（1880—?）　又名质，字木良。江苏上元（今南京）人。1910 年 4 月由朱少屏介绍入社，入社书编号 171。早年赴日本陆军学校留学，并加入中国同盟会。1911 年任中国国民总会会计，同年 7 月被推为中部同盟会江苏分部会长，上海光复后，被任命为师长。1913 年二次革命时曾代理江苏都督。1915 年 10 月与吴稚晖等在上海创办《中华新报》。1916 年曾为《丙辰》杂志撰写祝辞。撰有《宪法问题与内阁问题》《教育改良为政治改良之前题》等。

    梁　龙（1888—1968）　字云松，一字云从。广东嘉应州（今梅州）人。1912 年 3 月 12 日由叶楚伧、朱少屏、柳亚子介绍入社，入社书编号 228。中国同盟会会员。早年就读于松口公学，辛亥革命后赴上海与姚雨平等创办《太平洋报》。后赴英国剑桥大学、爱丁堡大学习法学。1925 年曾任国宪起草委员会委员。1928 年任国民政府外交部条约委员会委员。历任驻捷克公使馆代办、罗马尼亚公使、英国代理公使等职。二战后担任驻瑞士公使和捷克公使。

梁宇皋（1892—?） 字宇皋。广东南海人。1917 年 3 月 25 日由蔡守、汪精卫介绍入社，入社书编号 849。

彭昌福（1884—？） 字昌福。安徽芜湖人。1916 年 9 月 24 日由凌毅介绍入社，入社书编号 694。

彭侠公（1889—？） 字侠公。湖南长沙人。1912 年 9 月 17 日由景耀月、仇亮、朱少屏介绍入社，入社书编号 310。

　　蒋同超（1879—1929 前）　号万里。江苏无锡人。1912
年 9 月 2 日由陈蜕庵、潘飞声介绍入社，入社书编号 299。
著有《振素盦诗钞》《清朝论诗绝句》。

　　蒋洗凡（1881—1915）　字洗凡。山东博山人。未填写入社书，编号 22。1905 年与人创办公立高等小学堂，开博山新学之先河。同年考入山东省师范学堂。后东渡日本留学，先入东京弘文学院，后转入明治大学法政专科。留日期间，与孙中山、丁惟汾等创立中国同盟会。1912 年民国临时政府成立后，任山东省都督府秘书长，并创办《东亚日报》，自任总编辑，宣扬民主共和。后被选为国民党山东省党部理事，并任山东省稽勋局局长。著有《日出处小吟》，未刊。

　　韩　烺（1885—1958）　字亮夫。江苏泰县（今泰州）人。1915 年 11 月 24 日由李叔同介绍入社，入社书编号572。早年毕业于日本东京高等师范。历任泰州中学教员、泰州第一高等小学校长、无锡竞志女校教务主任、江苏省南京金陵道尹公署视学、上海吴淞警备区司令部总务科长、泰县视学、泰州古物保存所所长等职。工诗文，兼精德文、日文。1911 年，与妻创办温知女子小学，妻任校长，两个妹妹任教员，开泰州女子教育之先河。

韩笔海（1885—1958）　名苏，字觉我，号笔海。江苏丹阳人。1909 年由柳亚子介绍入社，入社书编号 34。因父亲出身清代黉门，从小得父亲授经史典籍，旧学造诣较深。1901 年，16 岁中秀才。1906 年，与林立山等东渡日本留学，加入中国同盟会。1908 年，从日本东京实科学校毕业后归国。辛亥革命后，协同吕凤子创办丹阳正则女子学校。此后，长期从事中小学教育工作。新中国成立后，1956 年受聘为江苏省文史馆馆员，后又任丹阳县副县长、县政协副主席。

景定成（1882—1949） 字梅九。山西安邑人。1915年由杜羲介绍入社，入社书编号546。举人出身。留学日本，加入中国同盟会，与景耀月等创办《晋乘》杂志。归国后在北京创办《国风日报》。辛亥革命后任众议院议员。后因参加讨袁被捕羁押。抗战开始后，将《国风日报》迁至西安，并创办《出路》周刊。新中国成立后，任西北行政委员会参事。著有《葵心》《尚书新注》《罪案》《入狱始末记》《石头记真谛》等。

　　景耀月（1883—1944）　字秋陆，号太昭，别署帝召。山西芮城人。1909 年 11 月由柳亚子、朱少屏介绍入社，入社书编号 259。南社虎丘首次雅集十七位参与者之一。清末举人，1904 年留学日本早稻田大学，得法学士。1905 年参与中国同盟会的创建，任同盟会山西支部主盟人，并被选为留日同学会主席。历任民国临时政府各省代表会议主席、大总统府高等政治顾问、上海中国公学教授、南京两江法政大学堂校长等职。诗文载《南社丛刻》。

　　程　杰（1884—?）　字振奇。浙江嘉善人。1911 年 2 月 28 日由周珏、费公直介绍入社，入社书编号 129。

程苌碧（1895—?） 原名忠，字心中，号心丹。安徽黟县人。1914 年 3 月由陈去病、胡朴安、胡寄尘介绍入社，入社书编号 400。

程宗裕（1875—?） 字光甫。浙江杭县（今杭州）人。
1910 年 4 月由陈去病介绍入社，入社书编号 496。

程家柽（1874—1914）　字韵笙，亦作韵生，又字韵荪，一作韵孙。安徽休宁人。未填写入社书，编号 24。早年留学日本，参与发起拒俄义勇队。1905 年与宋教仁等创办《二十世纪之支那》杂志，任编辑长。后加入中国同盟会。次年归国，任京师大学堂教授，与肃亲王善耆周旋，营救革命党人多名。武昌起义后，与吴禄贞等谋在北方举义，因吴被刺未果。1912 年参与谋炸袁世凯也未成。次年在北京策动二次革命，失败后又拟置毒于袁之饮食中，事泄被捕遇害。

程善之（1880—1942） 名庆余，字行安，号小斋，别号尘盦，笔名善之。安徽歙县人。1912年10月21日由邓家彦、胡朴安、汪洋介绍入社，入社书编号348。中国同盟会会员。1908年起执教于扬州府中学堂。辛亥革命后任《中华民报》编辑。1926年任《新江苏报》总主笔。1932年被聘为国难会议成员。1935年任教于扬州国学专科学校。著有《骈枝余话》《倦云忆语》《宋金战纪》《四十年见闻录》《清代割地谈》《印度宗教史论略》等。

嵇鼎铭（1877—？） 字竟益。浙江吴兴（今湖州）人。1917 年 4 月 8 日由许祖谦、张一鸣介绍入社，入社书编号861。

　　傅熊湘（1883—1930）　原名尃，字文渠，又字君剑，号钝根，一作屯艮，别号钝庵。湖南醴陵人。1909 年由高旭介绍入社，入社书编号 35。1905 年与宁调元等一起从事反清革命，加入中国同盟会；同年创办《洞庭波》杂志。辛亥革命以后，参加讨袁，历主江苏《大汉报》、湖南《长沙日报》笔政。1924 年 1 月与刘谦等创建南社湘集，被推为社长。1925 年任长沙《民国日报》总编辑。1928 年调任湖南省立中山图书馆馆长。著有《钝安词》《废雅楼说诗》《废雅楼闲话》等。

鲁荡平（1895—1975） 字若衡。湖南宁乡人。1917年
4月21日由傅熊湘介绍入社，入社书编号874。早年加入中
国同盟会，后又加入中华革命党，为湘支部总干事。曾任湖
南益阳、湘乡等县县长、长沙《民国日报》主笔、湖南及北
京《民立晚报》编辑、天津《民国日报》社社长、《中央日
报》总编辑、北平民国大学校长、武汉行辕秘书长等职。后
去台湾。曾创办《湖南文献季刊》。

温　见（1882—1940）　字著叔。广东梅县人。1911 年 9 月由叶楚伧介绍入社，入社书编号 339。清末留学日本早稻田大学。归国后在家乡加入同盟会会员钟动发起成立的文学团体"冷圃"，鼓吹反清革命。民国初年，担任翁源县知事。后到梅州中学、潮州金山中学任教，从此不再踏入仕途。

　　温静侯（1877—1916）　名士瑶，字静侯。广东梅县人。
1915 年 3 月 29 日由林百举介绍入社，入社书编号 492。早
年留学日本，1905 年在东京加入中国同盟会。1906 年参与
创办松口体育会。

　　曾　兰（1875—1917）　字仲殊，号香祖。四川华阳（今成都）人。吴虞夫人。1917年4月14日由吴虞、柳亚子介绍入社，入社书编号868。幼入家塾，与男孩一起诵读《四书》《五经》，常对经典产生疑问而大怪之。1915年，短篇小说《孽缘》刊载《小说月报》，小说描写封建包办婚姻给妇女造成的悲惨遭遇，是中国女性第一篇现代白话小说。其政论文章批判旧礼教，为妇女登上社会大舞台助力，有的由陈独秀主编的《新青年》发表。曾兰善画花卉，书法工篆隶。

曾　镛（1893—1929）字孟鸣。广西马平人。1912 年
1 月 20 日由费公直、雷铁厓、朱少屏、陈陶遗介绍入社，入
社书编号 207。中国同盟会会员。曾任沪军都督府科员。

曾孝谷（1873—1937） 名延年，字孝谷。四川成都人。1912年3月6日由李叔同、朱少屏、俞剑华介绍入社，入社书编号224。1906年留学日本，在上野美术专门学校学习西洋油画，与李叔同同学。1907年二人共同发起春柳社，合作编译并主演了小仲马的名著《茶花女》第三幕。不久，他又根据林纾、魏易翻译的美国同名小说改编了五幕话剧《黑奴吁天录》。1912年归国，任上海《太平洋报》编辑。1915年起任成都高等师范学校艺术教授。

曾纯阳（1871—？） 字元龙。湖南湘乡人。1916年9月20日由傅熊湘介绍入社，入社书编号691。1912年后，曾在《独立周报》《宗圣汇志》《民声杂志》等刊，发表《论审判制度》《经学通论》《湖南人满之救济法》等文。

　　谢　晋（1883—1956）　字霍晋。湖南衡阳人。1916
年 9 月 14 日由傅熊湘、李澄宇介绍入社，入社书编号 685。
1907 年加入中国同盟会。曾任湖南都督府参议，参加过讨
袁、护法诸役，并任广东大元帅府咨议。1926 年当选国民党
第二届候补中央监察委员。后任广州第二军官学校政治部主
任，国家预算委员会、购料委员会主席。新中国成立后，历
任湖南省政协副主席、全国人大代表。著有《屡劫后集》《蓬
莱词》《齐州外室札记》等。

　　谢无量（1884—1963）　原名蒙，字无量。四川乐至人，长于安徽芜湖。1914 年 9 月由朱少屏、杨乃荣、马君武介绍入社，入社书编号 463。早岁就读上海南洋公学，与马君武、马一浮合办《翻译世界》。辛亥革命后，历任四川国学院院长、中华书局编辑等。"九一八"事变后，在沪创办《国难月刊》，参加中国民权保障同盟。抗战时期任教四川大学。新中国成立后，历任中国人民大学教授、中央文史馆副馆长。著有《中国大文学史》《诗经研究》《中国哲学史》等。

谢幼支（1891—1939） 字醒持。安徽灵璧人。1918 年
1 月 4 日由徐世阶、陈心冷介绍入社，入社书编号 1008。

谢良牧（1884—1931） 字叔野，号围人。广东梅县人。1914 年 3 月 10 日由朱少屏、陈世宜介绍入社，入社书编号 396。早年留学日本，参加筹组中国同盟会，并赴南洋各地，筹设分部。1907 年参加潮州黄冈之役。武昌起义后，促进广东光复。民国成立，被选为参议院议员。1922 年陈炯明叛变时，在永丰舰就任中路讨贼军总司令。1924 年国民党改组，任中央临时执行委员。孙中山逝世后，游走于沪、粤间。散著见于 1914 年上海《华侨杂志》。

　　谢英伯（1882—1939）　名华国，字英伯，号抱香。广
东梅县人。1912 年 9 月 9 日由宁调元、蔡守、邓尔雅介绍入
社，入社书编号 303。早岁肄业香港皇仁书院。1902 年主编
《亚洲日报》于广州。此后，历职《中国日报》等，并执教各
校。1907 年加入中国同盟会，参与筹划广州起义。二次革命
失败，赴旧金山主编《民国杂志》。归国后任大元帅府秘书。
1936 年任广东省高等法院首席检察官。著有《中国古玉时代
文化史纲》，另有自传《人海航程》等。

谢祖贤（1878—?） 字次陶。广东番禺人。1916 年 10 月 15 日由蔡守介绍入社，入社书编号 711。

　　蒯文伟（1892—1925）　字一斐。江苏吴江人。1917 年
3 月 1 日由黄复介绍入社，入社书编号 828。幼承家学，富
藏书，尤多乡邦文献，后邻家失火，殃及池鱼，数千藏书付
诸荡然。文伟读书聪慧，诗才敏捷，常随伺其父身畔，推敲
斟酌，娓娓不倦。袁氏当道，正好其父在周云家设塾，父子
俩一起参加了销夏社、销寒社和酒社活动，每集必到，到必
豪饮，饮必留诗，泄义愤于诗酒之间。

　　蒯贞幹（1879—1917）　字虎岑，号啸楼。江苏吴江人。蒯文伟堂兄。1916 年 9 月 24 日由黄复、余其锵介绍入社，入社书编号 700。出生书香家庭，从小打下扎实的文学功底。加入南社后，积极协助柳亚子校订诗文稿件，编印《南社丛刻》。1916 年，在周云的开鉴草堂与里中诸子结销夏社，出《销夏录》一册，后又有《销寒集》。贞幹热心倡导女学，是黎里平民女子小学创办人之一。

楼　邨（1880—1950）　字肖嵩，号辛壶。浙江缙云人。
1915年6月由丁三在介绍入社，入社书编号537。幼承庭
训，诗书画印四艺俱能。先后就读浙江武备学堂和蚕桑学堂。
毕业后，执教于杭州仁和学堂、安定中学，并继续致力于书
画金石，与吴昌硕知交。民国后，一度担任浙江省政府秘书，
不久辞职，凭教职与金石书画以自存。加入西泠印社，主持
有年。1916年迁居上海，历任上海美专、中国艺专教授。著
有《楼邨印稿》《清风馆集》等。

　　雷铁厓（1873—1919）　字詟皆，号铁厓。四川富顺人。1910 年 4 月由俞剑华介绍入社，入社书编号 59。1905 年赴日，加入中国同盟会。曾参与创办《鹃声》杂志。1909 年任教上海中国新公学，因清廷指名捕拿，一度走杭州白云庵为僧。1910 年赴南洋主《光华日报》笔政。民国元年，被邀任总统府秘书。复赴南洋筹设《国民日报》，鼓吹反袁。面对军阀混战乱局，因精神刺激过深而患狂癫之症，终因狂病大作而逝。今有唐文权辑《雷铁厓集》行世。

裘明溥（1896—？） 字雪照。浙江嘉善人。郁世羹夫人。1917年1月1日由郁世羹介绍入社，入社书编号785。

简　易（1885—？） 字叔乾，号惕园。湖南长沙人。
1916 年 9 月 21 日由傅熊湘、郑泽介绍入社，入社书编号
692。

　　蔡　权（1890—？）　一名蝶，字迪仪，号蝶兮，别号秋冰。江苏金山（今属上海）人。1910 年由柳亚子介绍入社，入社书编号 50。

　　蔡　守（1879—1941）　原名珣，字哲夫，别号寒琼。
广东顺德人。1909 年 11 月由柳亚子介绍入社，入社书编号
25。南社虎丘首次雅集十七位参与者之一。早年参加国学保
存会，担任《国粹学报》主笔。1912 年冬参与发起组建南社
广东分社，后被举为社长。旋又加入国学商兑会。1918 年参
加护法运动，曾任驻粤滇军总司令咨议。1936 年受聘于南京
博物院，并曾任职南京中央党史编纂委员会。著有《寒琼遗
稿》《说文古籀补》《印林闲话》等。

蔡　培（1884—1960）　字子平，号石顽。江苏无锡人。1912年9月14日由叶玉森介绍入社，入社书编号304。早年留学日本，毕业于早稻田大学并获法学学士。1928年1月任国民政府交通部秘书，1930年1月转任交通部航政司司长。1940年3月叛国投敌，入汪伪国民政府任工商部政务次长，6月任汪伪南京特别市市长。1943年3月任汪伪驻日大使。抗战胜利后被以汉奸罪逮捕，关押上海提篮桥监狱，后判无期徒刑。

蔡　寅（1873—1934）　字清任，号冶民。江苏吴江人。1911 年由陈去病、高旭、柳亚子介绍入社，入社书编号 204。1898 年与金松岑、陈去病等在同里组织雪耻学会。1903 年入上海爱国学社。不久留学日本，加入中国同盟会。1911 年上海光复后，被委任为沪军都督府军法司司长。1912 年 1 月任南京临时大总统府秘书。二次革命中，主持江苏政局，带队浴血奋战二十天，南京天堡城五得五失。1927 年前往温州，任浙江高等法院温州分院院长。著有《怀庐诗钞》，未刊。

　　蔡　模（1887—1930）　字恕庵，号韬庐。江苏金山（今属上海）人。蔡权兄。1910 年 4 月由陈陶遗介绍入社，入社书编号 49。曾创办简实学社，后任金山东二乡第一国民学校、金山县立第五高等小学校长等职。

　　蔡　璿（1888—1969）　字景明。上海人。朱少屏第三任夫人。1914年6月由郑佩宜、柳亚子、朱少屏介绍入社，入社书编号419。病故于台湾。

蔡少牧（1872—?） 字行严。广东顺德人。1916 年 12 月由蔡守介绍入社，入社书编号 774。

蔡文镛 (1897—1988) 字韶声。浙江嘉善人。1918 年 2 月 14 日由余其锵、郁世羹介绍入社，入社书编号 1020。幼年好学，尤爱诗词。后以家境贫困，未能深造，在本镇乡立第五初级小学任教，1922 年春起任校长。抗战期间，弃职而去，匿身乡下。后转营商业，抗战胜利后任西塘工商联合会文书。生平嗜吟咏，且好搜罗乡邦文献。辑有《平川诗存》，著有《灵爽集》《春翠簃诗词》。

蔡济民（1887—1919） 字幼襄。湖北黄陂人。1916年11月19日由周宗泽介绍入社，入社书编号725。早岁入湖北陆军特别小学堂当学兵，升至排长。后加入共进会、中国同盟会，任同盟会湖北分会参议部长等职。武昌首义，率先响应熊秉坤攻打清督署。任军务部参议、参议长。后任军务司长。1913年初，任黎元洪参谋长。二次革命失败后潜赴日本，加入中华革命党。1915年任湖北讨袁军司令长官。1917年任鄂军总司令。在利川遇害。

　　蔡突灵（1881—1949）　字少黄。江西宜丰人。1916 年
9 月 14 日由邵瑞彭、田桐介绍入社，入社书编号 686。中国
同盟会会员。辛亥革命后，曾任瑞州民军总司令、江西省教
育司司长。1913 年当选国会参议院议员。1914 年在上海创
设新华社。1917 年任护法国会参议院议员。1922 年北京国
会恢复时，仍任参议院议员。

　　管义华（1892—1975）　字际安。江苏吴县（今苏州）
人。1912年10月21日由汪洋、胡朴安、邓家彦介绍入社，
入社书编号345。早年肄业南洋公学。曾供职上海《中华民
报》，继任《民权报》笔政，又进《民国日报》。1932年5月
任《民报》主笔。曾协助但杜宇创办上海影戏公司。善评剧，
能昆曲，演生角。新中国成立后，曾在人民广播电台讲昆曲
唱法。和赵景深等创立上海昆曲研究社，任副社长。和徐凌
云合撰《昆剧一得》。著有《旅闽日记》《昆曲曲调》等。

漆文光（1892—？） 号云卿。湖南湘潭人。1911 年 2
月 10 日由阳兆鲲介绍入社，入社书编号 116。

　　谭作民（1887—1974）　别名铭，字介圃，一字介夫，号天噫。湖南湘乡人。1911年10月11日由傅熊湘、黄钧、阳兆鲲介绍入社，入社书编号195。中国同盟会会员。1914年后任湖南省立第一中学英语教员。1928年起任教武汉大学、西北大学、贵州大学、之江大学、湖南大学等。1951年加入中国国民党革命委员会。著有《易经易解》《墨辨发微》《屈赋新编》等。

　　谭觉民（1886—?）　字艺圃，一字艺夫。湖南湘乡人。谭作民兄。1912 年 9 月由傅熊湘、龚尔位、宋痴萍介绍入社，入社书编号 333。

　　谭炳堃（1894—?）　字愚生。广东丰顺人。1916 年 12
月 13 日由蔡守、胡熊锷介绍入社，入社书编号 751。

　　阚轶群（1894—？）　字家祺。安徽合肥人。1923 年 1
月 18 日由胡朴安、胡惠生、管际安介绍入社，入社书编号
1104。曾供职于沪宁、沪杭甬铁路局。后任俭德储蓄会上海
总会宣传股股长、编辑股股长，编辑《俭德储蓄会会刊》。与
人合著《评点笺注古文辞类纂》。

　　黎尚雯（1868—1918）　号涟荪，一作桂森。湖南浏阳人。1916 年由刘谦介绍入社，入社书编号 646。早年与唐才常论学甚相投契。戊戌变法期间，长沙兴办新政、浏阳创立学馆及不缠足会，均参与规划。1900 年唐才常谋起义，尚雯往来湘汉间，秘密联络。武汉自立军起义失败，唐才常遇难后，避居衡州。后从事教育事业。1907 年 3 月受狱中宁调元委托，与刘谦等重建同盟会湘支部。1913 年任参议院议员。

黎庶从（1889—？） 号世南。广西武宣人。1912 年 3
月 13 日由谭作民、陈柱、曾镛介绍入社，入社书编号 232。

潘飞声（1858—1934） 字剑士，一字兰史，别号老兰。广东番禺人。1912年9月2日由陈蜕庵介绍入社，入社书编号298。1890年在德国柏林大学讲授汉文学。后任职香港《华报》《实报》。曾参加希社、鸥社、沤社、鸥隐社、海上题襟馆金石书画会。工诗。吟咏之余，雅好临池，行书秀逸，晚年画梅，朴劲可爱。早岁游历西欧，晚年侨寓申江。著有《说剑堂集》《海山仙馆景物略》《罗浮游记》《粤雅词》等。

潘公展（1894—1975） 原名有猷，字幹卿，号公展。浙江吴兴（今湖州）人。1914 年入社，入社书编号 452。上海圣约翰大学毕业。曾任《商报》《申报》编辑。1927 年加入中国国民党。历任上海市社会局局长、中国公学副校长、《晨报》社长等职。1938 年后，任国民党中宣部副部长、图书杂志审查委员会主任委员等职。1949 年去香港，办国际编译社，后赴美，办《华美日报》。1975 年 6 月殁于纽约。著有《罗素的哲学问题》，主编《五十年来的中国》等。

戴天球（1895—1975） 字星一。江苏江都人。1916 年
7 月由曹凤仪、曹凤笙介绍入社，入社书编号 656。早年就
读于两江法政学堂。1913 年留学东京日本大学习法政。1914
年参加中华革命党。1917 年赴广州任职大元帅府。1918 年
到上海执律师业。抗战爆发后，恢复私立扬州中学，自任校
长，并任第五战区江苏省动员委员会主委。抗战胜利后返江
都，任商会会长，在南京组织中华民国律师公会全国联合会，
任常务理事兼秘书长。去台湾后，任"国大代表"。

　　戴季陶（1890—1949）　名传贤，字季陶，号天仇。浙江吴兴（今湖州）人。1911 年 2 月 10 日由朱少屏介绍入社，入社书编号 115。1905 年留学日本，加入中国同盟会。1910 年任上海《天铎报》总编辑，被清廷命捕，亡命槟榔屿，任《光华报》编辑。1920 年曾与陈独秀等发起上海共产主义小组（不久退出）。1924 年参加国民党"一大"，任中央常委。孙中山逝世后，参与西山会议派活动。后任中山大学校长等职。1949 年在广州服过量安眠药自杀。著有《天仇文集》《孙文主义之哲学基础》等。

戴绶章（1868—？） 号誉侯。浙江嘉善人。1915 年 12 月由李拙介绍入社，入社书编号 579。

瞿　钺（1880—1953）　字绍伊，号无用。上海人。
1910年12月由朱少屏介绍入社，入社书编号100。早年赴
日本留学，习法政。1906年与高旭、朱少屏等创办中国公学、
健行公学。1911年6月任上海中国国民总会编辑。民国初期
曾任职于长春吉林省公署，先后在外交、教育、审计、司法、
市政等部门供职。曾主持吉林《长春日报》，并任《吉长日
报》记者、《申报》北方版编辑。1920年回上海后曾主办《春
申报》。1953年12月受聘为上海市文史馆馆员。

新南社社员

　　毛啸岑（1900—1976）　名兆荣，字啸岑。江苏吴江人。江苏省立第三师范毕业，任县立第四高等小学教师、校长。1923 年起，协助柳亚子创办《新黎里》报，主持国民党吴江县党部工作。1927 年"四一二"政变后，至苏州中学乡村师范任教。1930 年参加"第三党"（即中国农工民主党前身）。抗战爆发后，参加中共领导的抗日救亡运动，辗转香港、重庆、上海，从事情报工作。新中国成立后，历任中国通商银行公方代表等职。1957 年被错划为右派，1979 年平反昭雪。

　　孔德沚（1897—1970）　原名世珍，小名三娜（排行第三而名）。浙江桐乡人。沈雁冰（茅盾）夫人，1918 年春节成婚。婚后，先后入振华女校和湖郡女塾读书。1921 年到上海后，又入爱国女校文科。几十年勤俭持家，新中国成立后当了部长夫人，仍亲自操持家务。

　　叶天底（1898—1928）　原名霖蔚，学名天瑞，改名天底。浙江上虞人。1916年入杭州浙江省立第一师范，因参加五四运动被退学。1920年，在上海与俞秀松等创建上海社会主义青年团。1923年任《民国日报》副刊《觉悟》的艺术评论栏编辑。同年加入中国共产党。1925年，与侯绍裘、张闻天等在苏州乐益女中建立中共苏州独立支部，任书记。1926年因病回乡，创建中共上虞支部，任书记。1927年11月被捕，1928年2月8日在浙江陆军监狱惨遭杀害。

　　田　汉（1898—1968）　字寿昌。湖南长沙人。曾留学日本，归国后参与发起创造社。之后，创办南国剧社、南国艺术学院、接办上海艺术大学。1930 年加入左联。1932 年加入中国共产党。1940 年与欧阳予倩在桂林合编《戏剧春秋》。新中国成立后，历任中国剧协主席、中国文联副主席等职。其歌词《义勇军进行曲》（聂耳谱曲）被定为中华人民共和国国歌。今有《田汉文集》行世。

  史冰鉴 浙江嘉善人。上海中国女子体育学校第十三届（1921年）毕业生，与吴江张应春同学，张为第十四届（1922年）毕业生。约1925、1926年，任国民党江苏省党部妇女部秘书（张为妇女部部长）。柳亚子有诗云："张娘斌媚史娘憨，复壁摇灯永夜谈。"

　　卢冀野（1905—1951）　字冀野。江苏江宁人。1921 年
入东南大学，受业于词曲大师吴梅。1926 年毕业，先后任教
于金陵大学、成都大学、中央大学及暨南大学等。抗战爆发，
举家流亡四川，任四川大学教授。1927 年赴福建永安，任国
立音乐专科学校校长。抗战胜利后返宁，任南京市通志馆馆
长等。其散曲集《饮虹乐府九卷》，被认为是他最大的文学成
就。学术方面，著有《中国戏剧概论》《明清戏曲史》等；又
搜集、整理、汇校并刊刻了大量古代曲籍。

　　朱云光（1901—1987）　名汝昌，字云光，一字灵修。江苏吴县周庄（今属昆山）人。早年求学上海。1917年在家乡与王德钟等创办正始社。1932年在上海任《时事新报》编辑。抗战爆发，随报社内迁武汉，后经香港返沪，在租界任《文汇报》编辑。太平洋战争爆发，该报被迫停刊，转任复旦中学语文教师。抗战胜利，参加《文汇报》复刊工作并任副总编辑，后因健康原因辞职，复任教复旦中学。新中国成立后，调入淮海中学，代理教导主任，直至1967年退休。

朱文中（1894—1939） 字佛公。江苏武进人。江苏省第一师范学校肄业。1927年任北伐东路军前敌政治部新闻委员。创办《钟山报》《国民日报》。后任南京国民政府秘书、国难会议会员。

　　朱文鑫（1883—1939）　字贡三。江苏昆山人。天文学家。江苏高等学堂毕业后赴美留学，1910年获威斯康星大学理学士学位。归国后，任南洋公学（交大前身）、复旦大学教授。又曾创设东华大学，兼任裕丰轮船公司秘书长。1930年代曾任国民党中央党部编纂、江苏省政府土地局长。著有《中国教育史》《天文考古录》《历代日食考》《历法通志》《史记天官书恒星图考》《近世宇宙论》《天文学小史》《星团星云实测录》《图解代数》《算式集要》《十七史天文诸志之研究》。

　　朱季恂（1888—1927）　名肇旸，字季恂。江苏松江（今属上海）人。1905 年就读上海健行公学，1907 年转学南洋公学，加入中国同盟会。1917 年赴南洋群岛（爪哇）一所华侨中学任教。1921 年归国后，和侯绍裘等接办松江景贤女中。1923 年 4 月，与侯绍裘创办《松江评论》，宣传三民主义，五权宪法。1924 年初出席国民党一大。1925 年国民党江苏省党部在上海成立，当选常务委员。1926 年国民党二大上，当选中央执行委员，1927 年 3 月病逝于广州。

　　朱翊新（1896—1985）　江苏吴江周庄（今属昆山）人。
早年就读江苏省立第一师范、国立南京高等师范。先后撰写
了《小学教学法纲要》《国音白话注学生词典》，由商务印书
馆出版。1924 年起，受上海世界书局之聘，担任教科书部主
任。1932 年后转任《民报》编辑。1945 年 11 月，上海大东
书局聘其为编辑部编审，主编中小学知识文库，三年时间出
版三百余种。上海解放后，主编了部分中小学国语教材，以
应新中国成立之初华东地区中小学教学之需。

　　朱尊一（1891—1971）　又名贯成。安徽泾县人。1908 年从芜湖安徽公学毕业，后投入辛亥革命，在安庆参加北伐队。1912 年孙毓筠任安徽都督，委任为机要科员。同年秋入上海神州大学读经济，肄业后在北平、安庆等地以写稿为生，并开始学习书法艺术。嗣后应聘在上海女子中学等校任教。1936 年秋回到家乡黄田任私立培风中学校长。抗战胜利后任泾县简易师范学校校长。新中国成立后任泾县中学校长，1952 年调宣城师范工作。长于书法，尤精篆刻，擅长篆书隶书。

　　刘大白（1882—1932）　原名金庆棪，后改姓刘，名靖
裔，字大白。浙江绍兴人。早年留学日本，加入中国同盟
会。辛亥革命后参加反袁斗争，失败后流亡日本及南洋各地。
1916 年归国，任浙江省议会秘书，后任浙江第一师范教职。
"五四"运动后到上海复旦大学和上海大学中文系任教授兼系
主任。1927 年回浙江，历任教育厅秘书、浙江大学秘书长。
"五四"时期积极参加新文化运动，加入文学研究会，尝试用
白话写诗，为新诗的倡导者之一。著有《刘大白诗选》等。

　　汝景星（1900—1958）　名人禄，字景星。江苏吴江人。早年就读黎里九成湾初小、县立第四高等小学，后入苏州第一师范学校。1923 年后，跟随柳亚子，参与《新黎里》报誊稿校对，组织青年学生上街讲演，宣传新文化。并担任第四区教育委员会委员。1924 年由柳亚子介绍加入中国国民党，进入县党部工作。1931 年，任黎里镇民众教育馆馆长。1937年吴江沦陷，改行从商。新中国成立后，任黎里禊湖中学语文教师。著有《语法修辞浅说》。

　　许翰屏　名号籍贯未详。曾出席 1923 年 10 月 14 日在上海福州路小花园都益处菜馆举行的新南社成立大会。

　　李鸿梁（1894—1971）　字孝友，别号老鸿。浙江绍兴人。早年就读浙江两级师范学堂，为李叔同高足。在李的启导下涉足版画，是我国最早从事版画的作者之一。1926年代理绍兴女师校长，因聘请共产党员任教，被迫辞职。后历任省立第五中学等校教师。1941年绍兴沦陷，与同事一起带领一批学生，流亡浙南山区，从事抗日救亡活动，步行一年之久。抗战胜利后，任教于浙江大学附属中学，并参加西泠印社。退休后返回故里，受聘为浙江省文史馆馆员。

吴孟芙（1893—1972） 浙江杭州人。叶楚伧第二任夫人。早年就读上海竞雄女校，毕业后留校任国文教员。新南社成立大会时，与叶楚伧、陈布雷被推为干事。稍前，1923年10月10日，与叶楚伧结婚。婚后有四子叶中，五子叶容。1941年初叶楚伧在重庆患病期间，记有《视药日记》。

何香凝（1879—1972） 原名谏，又名瑞谏。广东南海人，生于香港。廖仲恺夫人。早年与廖相继赴日留学，参加中国同盟会。二次革命失败后流亡日本，加入中华革命党。孙中山逝世后，坚决执行联俄、联共、扶助农工的三大政策。1946 年在广州成立国民党民主促进会，1948 年组成中国国民党革命委员会。新中国成立后，历任全国政协副主席、全国人大副委员长等职。能诗擅画，尤工画虎和松梅。今有余炎光辑《双清文集》（与廖仲恺合集）行世。

    狄狄山　名侃，笔名狄山。江苏溧阳人。曾出席1923年10月14日在上海福州路小花园都益处菜馆举行的新南社成立大会。有《爱静室译丛》，载1918年《复旦》杂志。散著见"五四"时期《民国日报·妇女评论》《时事新报·学灯》。

    汪大千（约 1890 前—1928）　名光祖，字大千。江苏吴江人。"五四"时期，到浙江学习西医。后在家乡开设牛痘馆，一边行医，一边宣传新文化。1924 年夏，国民党盛泽区党部成立，任书记。参加国民党吴江县第一次代表大会，当选县党部执行委员。《新盛泽》报创刊，成为该报职员和主要撰稿人。1927 年春，北伐军途经嘉兴、吴江，大千受命奔赴王江泾迎接，并作向导，引领军队北进。不久，国民党开始"清党"，大千郁郁寡欢，以致卧床不起，不久病故。

　　沈玄庐（1883—1928）　名定一，字剑侯，号玄庐。浙江萧山人。早年留学日本，参加中国同盟会。辛亥革命期间当选浙江省议员，旋任议长。二次革命失败后再度赴日。归国后投身新文化运动。1920年5月在上海参加组织马克思主义研究会。不久加入中国共产党。1924年参加国民党"一大"，当选候补中央执行委员。孙中山逝世后，参与西山会议派活动。后脱离共产党。1928年在萧山衙前车站被刺身亡。今有陶水木辑《沈定一集》行世。

　　沈华昇（1896—1974）　江苏吴江人。毛啸岑夫人。早年就读上海爱国女子师范学校，毕业后返家乡盛泽女校任教。1923 年 10 月与毛啸岑结婚后，调任黎里县立第四高等小学教师。为全力以赴搞教学，二人约定节制生育，一生只有一个儿子。1949 年在上海迎来新中国的诞生。1956 年 3 月，赴京出席全国工商业者家属和女工商业者代表会议，受到党和国家领导人接见。反右之后和"文革"期间，与毛啸岑风雨同舟，患难与共。

　　沈君匋（1893—？） 原名惟埏，更名延，字君匋。江苏吴县周庄（今属昆山）人。曾出席 1923 年 10 月 14 日在上海福州路小花园都益处菜馆举行的新南社成立大会。曾任国民党中央执行委员会秘书兼事务处处长、出版科长及中央党部派遣留学生管理委员会委员。1934 年 9 月起担任中央公务员惩戒委员会委员，直至 1948 年 9 月被免职。

沈肤云 原名泽民，字肤云。江苏吴江周庄（今属昆山）人。沈体兰从兄。曾任国民党中央执行委员会秘书处干事。

　　沈雁冰（1896—1981）　原名德鸿，字雁冰，笔名茅盾。
浙江桐乡人。1916年北京大学预科毕业，入上海商务印书馆
编译所。1921年与人创办文学研究会，主编《小说月报》。
同年参加中国共产党。"四一二"政变后，被迫离沪赴日，同
党失去组织关系。1930年回沪，参加左联。抗战爆发后，积
极从事抗日救亡工作。新中国成立，当选为中国文联副主席、
作协主席，任第一任文化部长。临终前恢复了党籍。著译宏
富，今有人民文学出版社版《茅盾文集》行世。

　　陈望道（1890—1977）　原名参一，又名融，改名望道。浙江义乌人。早年留学日本。"五四"时期从事新文化运动，曾任教于浙江第一师范。1920 年翻译出版了我国第一部《共产党宣言》全译本，同年参加创立上海共产主义小组，参加《新青年》编务。1923 年参与发起成立新南社，同年至 1927 年，任上海大学系主任、教务长。新中国成立后，任复旦大学校长、《辞海》编委会主编等。1957 年 6 月中共中央直接吸收其为中共党员。今有池昌海辑《陈望道全集》行世。

　　陈戢人　名起东。江苏吴县周庄（今属昆山）人。陶惟坻外孙。曾出席 1923 年 10 月 14 日在上海福州路小花园都益处菜馆举行的新南社成立大会。曾任《蚬江声》编辑，《民国日报》主笔。

陈德徵（1893—？） 字待秋。浙江浦江人。毕业于杭州之江大学。曾在上海、安徽执教中学。1923年参与发起成立新南社。后入上海《民国日报》。"四一二"政变后，任国民党上海特别市党部宣传部长，兼任《民国日报》总编。约1930年夏，《民国日报》发起"民意测验"，选举中国伟人，第一名竟是陈德徵（明显作弊），蒋介石列第二，遂使蒋震怒异常，于是借故将其押解南京拘禁数月，受到"永远不得重用"处分。新中国成立后，在"劳动改造"期间瘐毙狱中。

周水平（1894—1926） 原名侃，号刚直，又名树平。江苏江阴人。1918年，留学日本东京高等体育学校。1920年归国，任教顾山县立第五高小，并开办农民夜校。后在绍兴、徐州、川沙等地任教。1925年加入中国共产党，后又加入国民党，参加筹建国民党川沙县党部。同年夏，奉命回江阴，组建国民党江阴县党部，积极发起组织农民运动。11月18日被江阴县署拘捕。1926年1月15日晚，军阀孙传芳密令江阴县署斩决，年仅33岁。

　　胡漳平（1902—1926）　字漳平，号南香，别署透珠、安吴女子。安徽泾县人。胡朴安女。性格豪爽，颇似男儿。自小随父亲生活，深受其父道德文章之影响及儒风之濡染。早年肄业上海城东女校，赋性聪慧，能诗善画，兼治说文训诂之学。所作大幅山水，有云烟苍润之气，且颇得宋元人之笔意。南社同人在朴学斋欢饮，漳平曾作画数帧，称《朴学斋话酒图》，又曾为柳亚子绘《江楼秋思图》。体弱多病，早殁，年仅 25 岁。著有《南香诗钞》《南香画语》《随感录》。

柳无非（1911—2004） 字小佩。江苏吴江人。柳亚子长女。1923年入上海圣玛利亚女校，"五卅惨案"发生，拟与同学参加示威游行，为校方所阻，愤而转入神州女校。1926年入大同大学文预科。1930年秋赴美国留学，就读佛州罗林斯大学。次年获史密斯大学奖学金，转学该校。1933年归国。新中国成立后，曾任第四次全国妇女代表大会代表，第六、第七届全国政协委员。有合著《菩提珠》《我们的父亲柳亚子》，合辑《柳亚子诗词选》。

　　柳无垢（1914—1963）　字小宜。江苏吴江人。柳亚子幼女。1932 年 9 月考入清华大学。1935 年 3 月，因参加清华"时事座谈会"被捕，经多方营救出狱。同年 9 月赴美留学，入佛州罗林斯大学。1939 年赴香港，参加保卫中国同盟工作。香港沦陷，陪同父亲化装离港，任桂林中学英文教师。课余从事文学翻译，出版译著及教科书多种。1949 年 9 月伴随宋庆龄到北平参加第一届全国政协会议。后进外交部工作。今有柳光辽辑《柳无垢文选》行世。

　　柳公望（1902—1951）　名绳祖，字公望。江苏吴江人。柳亚子族弟。儿时受过良好启蒙教育，家境尚好。效法柳亚子搜集乡邦文献，曾将高祖柳树芳生前所辑《分湖小识》，木刻翻印数百部分赠亲友。1920年深秋成婚，柳亚子等借此大游分湖，各撰《游分湖记》一篇。1923年春，请南社社友李涤绘《分湖访旧图》，在朋辈中广征题咏。抗战爆发，吴江沦陷，居室惨遭火焚，连同二十多年搜罗的乡邦文献、刻印的书籍，还有自身的吟咏，一并化为乌有。

　　柳抟霄（1888—1928）　名冀高，字北野，号抟霄，别号栗庐。江苏吴江周庄（今属昆山）人。柳亚子从弟。1898年随父从大胜移居周庄。弱冠时延师授读，后入上海徐汇公学。毕业后返回家乡，任教周庄小学。1917年，与王德钟等创正始社，研究国学。1920年冬，参加柳亚子邀约的迷楼畅饮，赋诗抒怀。1923年加入新南社，曾出席10月14日的成立大会。著有《栗庐诗稿》，辑有《栗庐藏印》。

　　柳率初（1899—1980）　原名景高，更名遂，字仰之，一字子文。江苏吴江周庄（今属昆山）人。柳抟霄胞弟。1920 年冬，柳亚子赴周庄，与率初等游宴于迷楼酒家，唱和之作由率初辑为《迷楼集》。1923 年移家沪上，同朱家角名医陈范我结交。在此期间，曾出席 10 月 14 日的新南社成立大会。次年，陈范我回家乡行医，率初全家移居朱家角。创办《薛浪》月刊和《薛浪日报》，刊出诗文甚多。新中国成立后，由柳亚子介绍至上海文博系统工作。

洪雄生（1867—1927） 名鹗，字雄生。江苏吴江人。
1903 年与郑式如等创办盛湖公学，任校长。1905 年自费东
渡日本，考察教育，归国后斥私资创办盛湖女校。1913 年，
盛湖公学改为公立，该校发展迅速，后来延聘教师二十来位，
学生达四百余名，受到著名教育家黄炎培的肯定，特为题写
"明礼达用"横匾。1923 年参加新南社，同时成为《新盛泽》
报特约撰述员。1924 年江浙战争发生，与人设立红十字会分
会，为难民提供避难所，为伤者及时提供救助。

　　顾忠琛（1880—1945）　字荩忱。江苏无锡人。中国同
盟会会员。曾任江苏军政府参谋厅厅长。1921 年任中华民
国总统府谘议。1923 年任中国国民党本部军事委员会委员。
1924 年 5 月任北伐讨贼军第四军军长。1931 年任国民政府
文官处参事。抗日战争中，1940 年 3 月任汪伪国民政府监察
院副院长，1944 年 11 月升任院长。

　　徐澄宇（1902—1980）　名英，字澄宇，笔名沈玉。湖北汉川人。南社社员陈家庆丈夫。早岁从章太炎、黄季刚、林公铎游。毕业于北京大学文学院、中国大学哲学系。素负才名，工诗古文辞，尤精七律。自1920年代起，历任上海交通大学、大夏大学、中央大学等校教授。新中国成立后，历任东吴大学、复旦大学教授。1957年以言辞获咎，备极坎坷。1962年受聘为上海市文史馆馆员。著有《楚辞札记》《诗法通微》《论语会笺》《甲骨文字理惑》《天风阁诗》等。

　　徐蔚南（1900—1952）　原名毓麟，笔名半梅。江苏吴
江人。早年就读上海震旦学院，旋留学日本。归国后任教上
海复旦实验中学，后任浙江大学、上海艺术学院教授。1925
年加入文学研究会。1932年，任上海市通志馆编纂主任。抗
战爆发后，毅然于1942年底出走重庆，参加抗日救亡活动。
抗战胜利后，回沪主持《民国日报》复刊工作，并任上海市
通志馆副馆长、上海大东书局编纂主任。新中国成立后，任
职上海市文化局。著有《水面桃花》《龙山梦痕》等。

徐蘧轩（1892—1961） 原名兆麟，字蘧轩。江苏吴江人。徐蔚南堂兄。早年就读盛湖公学，后入上海龙门师范。毕业后奉派日本考察教育。归国后，历任绍兴第五中学、鄞县县立女子中学、上海惠中中学、裨文女子中学等校教师。1923 年，与蔚南在家乡创办《新盛泽》报，任主编。该报直至 1927 年 1 月停刊，共出版八十八期。后离盛赴沪，历任《民国日报》《大晚报》、上海市通志馆编辑。新中国成立后，在上海市人民政府秘书处、上海历史博物馆任职。

　　高尔松（1900—1986）　字继郇，笔名希圣。江苏青浦（今属上海）人。早年留学日本。1923 年参加革命，曾为中国共产党候补党员，任国民党江苏省党部监察委员。1927 年任青浦县长。后从事译著，任上海开华书局编辑。新中国成立后，任国家出版总署编审。译著有《社会科学大辞典》《新政治学大纲》《欧洲革命史》《世界无产政党发达史》《国际运动发达史》《国际社会运动小史》《家庭制度 ABC》等。

　　高尔柏（1901—1986）　字咏薇，笔名郭真。江苏青浦（今属上海）人。1923年和乃兄尔松，曾同为中国共产党候补党员。后任国民党上海特别市党部宣传部秘书、江苏省党部代理宣传部长、江苏省政府委员。又任上海开华书局编辑。新中国成立后，任民进中央宣传委员。译著有《社会问题大纲》《新名词辞典》《各国社会党史纲》《经济学教程》《社会学纲要》《孙中山先生与中国》（合著），和高尔松合著有《帝国主义与中国》。

　　凌昌焕（1873—1947）字文之。江苏吴江人。1900年到上海，从事编译工作。1906年入商务印书馆编译所。1907年任教上海浦东中学。1912年经杜亚泉介绍，再入上海商务印书馆编译所，主编或参与编辑大量教科书和辞书，如《常识小丛书》《生理学》《辞源》（1915年版）。1925年前曾担任吴江旅沪同乡会会长。1932年上海商务印书馆遭日军飞机炸毁，失业，暂住浙江西塘女儿家中。后来，曾先后在上海中华教育用具厂工作，南洋中学任教。

凌颂南 名颂南。江苏吴江人。南社社员凌光谦族弟。
曾出席 1924 年 10 月 10 日在上海南京路新世界西菜部举行
的新南社第三次聚餐会。

　　陶惟坻（1856—1930）　字砥流，又字小沚。江苏吴县周庄（今属昆山）人。前清举人，曾任河南某县知县。1898年返回家乡办学，叶楚伧、朱翊新、朱云光等都是其学生。1907年叶楚伧以革命党罪被逮入狱，陶即联合苏州名士向苏籍京官陆润庠保释。1909年被举为江苏省谘议局议员。1912年，任苏州农务总会副会长。1923年，以67岁高龄加入新南社。后受聘任苏州图书馆馆长，江苏省通志编纂委员会委员。著有《说文集释》《陶惟坻文集》等。

　　曹聚仁（1900—1972）　字挺岫。浙江浦江（今兰溪）人。1915 年入浙江省立第一师范。毕业后到上海，常为《民国日报》副刊《觉悟》撰稿。1923 年参与发起成立新南社。与陈望道等合办《太白》《芒种》等刊。1935 年被推选为救国会十常委之一。"七七事变"后，任战地记者，为《申报》《立报》《社会日报》采访战地新闻。后在赣南应蒋经国之邀，主持《正气日报》。1950 年赴香港定居，任《星岛日报》编辑。著述甚多，今有三联书店《曹聚仁文集》行世。

　　程习朋（1895—1976）　名习，又名小可。江苏泰县
（今泰州）人。幼承庭训，喜好诗文、书法、木刻，毕生从
事教育事业。早年在海安、南京等地任教。后返家乡，历任
泰县中学、淮南中学、时敏中学、联合中学国文教师。抗战
期间，为避免日机轰炸，与县中校长一起，将全校十三个班
六百多名学生，迁至东乡大杨庄继续上课。泰州沦陷，曾自
制木刻头像，上题"无真面目见群魔"七字。著有《山河易
象》《选注尚书》《程习朋诗集》等。

曾演复（1897—1931） 原名衍福，又作衍复，自号秋声子。福建上杭人。早年就读县立上杭中学。1922 年毕业于漳汀道地方自治讲习所。1929 年任闽西苏维埃政府秘书。1931 年在永定虎岗遇害。1950 年追认为革命烈士。

　　廖仲恺（1877—1925）　原名恩煦，改名夷白，字仲恺。
广东归善（今惠阳）人。1897 年与何香凝结婚。1903 年在
东京结识孙中山，后加入中国同盟会。1914 年，中华革命党
在东京组成，任财政副部长。1921 年孙中山就任非常大总统，
廖任财政部次长。1922 年陈炯明叛变，廖被囚禁，经何香凝
营救脱险。之后，力赞孙中山确定联俄、联共、扶助农工三
大政策。国民党改组后，被选为中央常务委员。1925 年 8 月
20 日，在广州被国民党右派暗杀。今有《廖仲恺集》行世。

主要参考文献

柳无忌编:《南社纪略》(柳亚子文集之一),上海人民出版社 1983 年版。

柳亚子等编:《南社丛刻》一至二十二集,1910—1923 年版。

郑逸梅编著:《南社丛谈》,上海人民出版社 1981 年版。

柳无忌、殷安如编:《南社人物传》,社会科学文献出版社 2002 年版。

郭建鹏、陈颖编著:《南社社友录》,上海大学出版社 2017 年版。

陈玉堂编著:《中国近现代人物名号大辞典》,浙江古籍出版社 2005 年版。

杨家骆编著:《民国名人图鉴》,(南京)辞典馆 1937 年版。

闵杰编著:《晚清七百名人图鉴》,上海书店出版社 2007 年版。

刘国铭主编:《中国国民党百年人物全书》,团结出版社 2005 年版。

南京图书馆编:《中国近现代人物像传》,上海古籍出版社 2011 年版。

苏州博物馆藏南社、新南社历次雅集、聚餐会等原照。

后　记

很早就有一个愿望，编著一部南社社友图像集，或者说，做一个南社成员影像资料库，意在将零零星星现尚存世的人物照片挖掘出来，保存下去，使这些历史文献不致继续湮没；同时让读史者对感兴趣的人物一睹其风采。

几度迟疑，因为这实在太过艰难。试想，南社成立丁清宣统元年（1909），历经清末、民国，至今遥遥一百余年。作为一个全国性的民间社团，南社成员多达一千余人，星散天南地北。而在 20 世纪的中国，外患内乱接连不断，南社社友又大多来自士绅阶层，在一段时期内，士绅阶层从革命的动力变成革命的对象，有的遭受无妄之灾不白之冤，甚至身后无人。搜集个人图像，还要汇集各人的简历，这谈何容易！

几经筹划，在南社成立百年纪念来临前夕——2008 年 6 月，终于打定主意，决定冒险一试。

首先，寄送征集函。我们根据柳亚子当年所辑《南社社友姓氏录》提供的名号、籍贯等讯息，将一千余名社友编制成一份分县名单。然后将征集函寄往社友当时所在的各县的政协文史委，并附上该地社友名单，做到一个县不漏。同时，征集函寄往我们多年来了解联系方式的社友后裔和相关专家学者。此项工作历时四个月，寄送征集函 15 批，共计 310

余通。

　　结果是有忧有喜。面广量大的各地政协文史委的回复，仅有诸如陕西三原、山东博山、湖南醴陵、广西北流、江苏太仓与高邮、上海嘉定与松江等12地，共获图像16帧。这情况实在让人心凉。喜的是，不少专家学者热诚鼓励，倾力支持，让我们深受感动。

　　扬州顾一平先生寄来他和肖维琪先生合著的《南社中的扬州人》。该书刊有38位扬州籍社友的事略和作品选录，并无图像。但是，一平先生特意用红笔在书页的天头地脚一一标注，尽可能提供出寻找图像的线索。例如王钟麒：《南社丛刻》有遗像!"杨杏佛："网上能找到?"李寿铨："可写信给其子李为扬，地址扬州×××。他已90多岁。"仲一侯："可写信至泰州民革，或许能在档案中找到照片。"戴天球："网上查查看，也许有。他是大律师。"徐德培："可写信给其孙徐建声，地址北京×××。"姚彝伯："可写信给其次子姚伸，地址兴化×××。"程习朋："可写信至扬州诗词协会转其子程浪，或许有用。"后来又有第二信，有云："五一节我回兴化，偶然看到《泰州日报》刊有南社社友仲一侯照片，喜出望外!特剪下寄上，如能派上用场则不胜高兴。"

　　上海王瑜孙先生，第一封复信就寄来了浙江湖州籍社友周觉、周子美两帧照片。信云："所需沈镕照片，我处已无保存。其孙沈嘉允在湖州南浔镇，原居百间楼下，请经函南浔镇人民政府联系（沈曾在此工作），当能得到帮助。"一月不到，又有第二信："所询湖州籍南社社友，其中如王均卿、张苹荪均为童年时所及有年的老一辈，与先父或沾亲或有故，抗战前留有多帧合影，惜乎几经变乱，旧宅化为废墟，此类图像早已不在人间，唯记忆犹新耳。苹荪先生沪宅在山海关路，他原与同乡张竹山极相得（竹山为南通张季直之总管）。数月前，曾无意中与竹山先生之孙女在书场邂逅，握手道故不胜感叹，拟向渠一问有否张苹荪先生之遗像保存，看来时隔六七十年，人事变幻，恐极少希望，但问一下还是必不可少的。"

湖州徐重庆先生是当年颇有影响的期刊《南社研究》的编委之一，早想与其结识，此时设法给他写信。重庆先生很快复信，对于编著图像集此举给予充分肯定，但认为南社人物大部早在历史中湮没，今天来"打捞"图像势必困难重重，须有足够的思想准备。在以后的来信中，或提出一条寻觅图像的渠道，或提供几位社友后人的联系方式，或寄来一帧他代为觅得的照片。后来，重庆先生又让我们给他寄一份尚未搜集到图像的南社社友的目录，代为修书发信，托请他的熟人甚或熟人的熟人帮助设法。四年之后，当获知搜集工作取得重大进展，重庆先生亦由衷喜悦。他写道："不出所料，新的照片还在不断增加！"同时提醒，"接下去还会有的，等到差不多了再定稿，当不会留下遗憾也！"自 2008 至 2014 年，与重庆先生鸿雁往返达七年之久，来信积有 61 通，然而从未谋面。当时，我们数度谋划前往湖州拜会，或是邀请他来苏州一聚，彼此都有这样的热望，却因种种原因一再推迟。不

后 记 657

料，73岁的重庆先生突然中风不起，溘然而逝。获知噩耗，已在丧事之后。呜呼！就此人天两隔，留下了永远的遗憾！

编著这样一部图像集，必备几部大型工具书，用于考证人物生平，间或亦有图像可得。可是这类工具书，图书馆一般不得外借，曾经买过两部，书价高得吓人。犯难之际，撞上一位热心人，苏州图书馆外借部主任胡冰先生。一部《南社社友录》，共四册，书里刊有全部《南社入社书》的影印件，一千多份，一千多位南社社友当年亲笔填写，姓名、年龄、籍贯、居址、入社时间和介绍人，难得的真实可靠。该书定价980元，苏图仅有一部，摆在三楼阅览室的书架。这意味着，只能天天奔图书馆，入室阅览、摘抄。某日，试探着跟胡冰先生刚聊上几句，他立即带我们上了三楼，一番言说，就让我们留下借条，当场将该书带回了家。隔了一段时间，要用一部《中国近现代人物名号大辞典》，胡冰先生网上一查，总馆无书，书在下面某个分馆。他马上一个电话，随即让我们回家时顺路前往取书。还有一部《中国国民党百年人物全书》，上下两册。这一回，胡冰先生拨通了某大学图书馆电话，三言两语谈妥代为商借，随即派出工作人员骑电瓶车前往取书。当日，我们就将沉得像两块"金砖"的这部书搬了回来。胡冰先生年纪轻轻，干工作却似一团火，实在并不多见。后来，他又帮我们物色了一位打印稿件的帮手。再后来，这位上海师大历史系毕业的硕士研究生小张（世光），成了我们得力的合作者。凡此种种，皆得感谢热心热肺的胡冰先生，更得感谢苏州图书馆。

图像征集过程中，格外可喜的是，许多南社社友后裔热情高涨，简直可说喜出望外，令人信心倍增。

现居浙江嘉兴的夏希曾先生（南社社友夏钟麟之孙），解放前就离开了吴江老家，手头早无祖父遗像，接到征集函后，立即在多地亲友中苦苦访求，最后终于觅得一帧，迅速翻拍后寄来。他在信中写道："图像集编印成册后，是否可以自费订购三册？我要答谢提供照片及帮忙访求的亲戚。届时望来信告知，定将书款寄上。"

江苏兴化姚伸先生（南社社友姚彝伯之子），先是寄来一帧其父晚年照，约莫三个月后，又寄来一帧其父年轻时的照片，显然更为合适。信末嘱咐："该书付梓后，恳望寄两本给弟，书款届时定当奉上。"

江苏扬州93高龄的李为扬先生（南社社友李寿铨之子），四个月中接连寄来4通信函，有其父中年照一帧，晚年照一帧，还有生平简历，包括农历和公历的生卒年，都精确到了某年某月某日。最后一信写道："今后若需先父的传记、诗作，均可寄奉。"这封封信函，信笺信封，都是规整的电脑打印件。显然是老先生口述，或央求其孙辈代劳而成。

江苏泰州程浪先生（新南社社友程习朋之子），当时我们不知他已去世，征集函落在他的姨兄桂平先生之手。桂平先生立即跑去程浪家，不料程浪遗孀回说家里已无公公的遗像。桂平先生又跑去泰州图书馆，翻来翻去，发现了这位新南社前辈的两种遗著，都是诗集，书内均无照片。后来一想，程氏还有一女现居上海，是桂平先生的姨妹，又立即发信联系。真是功夫不负有心人，最后在上海得到程氏与他人仅有的一帧合影。桂平先生在复信中嘱咐："图像集出版后请寄三本，一本给程在上海的女儿，一本给程浪家中的幼子收藏，一本鄙人留阅。若需工本费，当照寄不误。"这封复信着实让我们深受感动，感动之余又给桂平先生直接发了一信，除了表示深深的谢意，希望他帮助设法寻找另外五位泰州籍社友的图像。不料此时，桂平先生不慎跌了一跤，伤了腿骨，经手术后须在家静养百日。而且去信所列五位，亦皆为早已作古的上辈，桂平先生与他们的后代均不相识。说起来实在不好意思，我们给他出了一个难题。不过这也没难倒桂平先生，想了一想，他提笔修书给友人俞扬先生求助。俞先生原是泰州修志办的文史专家，对当地历史人物尤为熟悉。经俞先生奔走，终于觅得其中的仲一侯、韩烺二位的遗像。桂平先生二次复信，不仅寄来了这两帧来之不易的照片，还不忘附上仲、韩二位后人的尊姓大名、通信地址和电话号码。天哪，现今世上竟还有这样的热心人呀！

同是南社社友，叶楚伧先生可是大名鼎鼎，跑一趟图书馆怕能拍到他的数帧照片，可是他的二位夫人，却迟迟未能露面。元配周湘兰是南社社友，早在1922年便英年早逝，年仅33岁；继配吴孟芙是新南社社友，1972年在"文革"中受迫害而殁，享年80。原以为，周庄今有叶楚伧故居，故居里应有二位夫人的遗像。某日，特地开了小车去奔了一趟，结果一无所获，无功而返。这才想起1999年秋的一段旧事，那日分湖波静，芦花飞白，叶氏长女 82 岁的叶吉益带着女儿女婿，专程从上海来到分湖寻根访祖。原来，因叶楚伧出生在周庄，其后人一直以为这就是他们的祖籍。殊不知，叶楚伧是分湖叶氏第三十四世孙，而吴江分湖畔的叶家埭，才是明代分湖叶氏的发祥地。上溯十代，村上的午梦堂主叶绍袁，分湖叶氏第二十四世，正是叶楚伧的十世先祖。这位明朝天启进士，曾经官居工部主事，后因不耐吏事，回乡隐居分湖，行吟泽畔，与妻女诸儿以诗文为乐，留下了海内争传的《午梦堂集》。其幼女叶小鸾当年亲手栽植的一株红蕊腊梅，经了三四百年风风雨雨，至今每年仍向世人奉献暗香。清末，在风起云涌的反清斗争间隙，叶楚伧曾两次来到这块血地，拜谒午梦堂遗址，寻访叶小鸾墓。这一当地学者在文史研究中的新发现，迅速传到上海，这便有了叶氏后人亲临分湖寻根访祖的感人一幕。翌年秋日，叶吉老又带了定居美国的四弟叶中、五弟叶容等一行七人来到分湖……八年之后，2008 年中，当我们急需寻觅叶楚伧二位夫人的图像时，叶吉老已驾鹤西去，叶中、叶容二位先生亦无法联系，最后，终于从分湖设法得到了叶吉老在上海的女儿吴煦、女婿张君复的通信地址。然而，征集函寄出四个月之久，依然音讯全无，真叫人望眼欲穿！我们开始怀疑地址是否有误，邮路有否出错，当准备重新核准地址再次发信之际，一封复信连同两帧五寸的翻拍照片亮到眼前，一帧芳华四溢，一帧端庄慈祥。复信有云："来信早已收悉，只因家中老房重新装修，东西均暂借另处堆放，乱糟糟的，周湘兰照片（家母叶吉益之生母），一

后 记

时难以找出。吴孟芙照片（四舅叶中、五舅叶容之生母），只有五舅叶容处有，而五舅那时人在美国。最近，五舅自美国回沪，待他安下心后整理出吴孟芙照片，我家房子也装修结束，周湘兰照片也找了出来。现一并寄上，请查收。因年代久远，周湘兰的生年知道是 1889 年，但生于何月何日，因三舅叶元已在年初过世，故无人知晓了。遗憾！"

如上所述，年复一年，图像征集在积极而艰难中逐步推进。在此期间，根据预定计划，我们又采取了三个举措。

其一，从周边纪念场馆实地拍摄。

南社的三位发起人，两位是吴江人，一位是金山人。从吴江、金山辐射开去，江浙沪一带，是当年南社社友最为密集的地区。时至今日，这一地区南社遗存最为丰富，研究活动相对活跃，纪念场馆亦多。诸如黎里的柳亚子纪念馆、同里的陈去病故居、张堰的姚石子故居、苏州虎丘的南社纪念馆、周庄的迷楼和叶楚伧故居、西塘的西园等等。这些场馆，陈列丰富，可谓琳琅满目。由于年龄原因，我们不可能也没有条件跑远，就在这一带深入到当地实地拍摄，顺带寻访社友后裔，挖掘相关线索，诸如江苏的苏州、吴江、黎里、同里、芦墟、北厍、盛泽、周庄、锦溪，浙江的嘉善、嘉兴、西塘、南浔，上海的金山、松江、嘉定等地。往往带着摄影器材，开着小车，早出晚归，匆匆来回，有的地方曾经前后跑过两三趟。稍感不足的是，有些场馆陈列的图像往往相互重复，这就缺少鲜明的当地特色和主题个性。即是说，在当地真正下力气挖掘新材料不够。因此，尽管跑的地方不少，真正补缺的却不多。对于我们，这算是一个缺憾。

其二，从各地新版方志埋头寻觅。

从 20 世纪末起，各地新版方志陆续问世，犹如雨后春笋。新版方志必有"人物卷"，而"人物卷"中必有当地近现代知名人物。苏州市方志馆收藏丰富，拥有全国各地交流来的各种新版方志。大约 2016 年下半年，我们就一头扎进了方志馆。这时候，早年编制的那份南社社友分县名单重新派上了用场。每日，伏案翻阅数种县志。每种县志，按照名单细细寻觅该县的数位甚或数十位南社社友。一旦发现一帧鲜见的图像，立即拍摄下来，收入囊中。倘若某某、某某不见踪影，或者仅有生平简介不见图像，就根据可能获得的讯息，去分别查阅一部部相关的镇志、乡志甚或村志。当然，必要时，还得翻翻省志、市志。这办法自然很笨，往往弄了半天，一无所获，因为有的方志压根儿就不用人物图像。可是不去翻阅一遍你又怎么能知道呢？对于一个年逾古稀之人，如此连轴作战，时间一久就头晕目眩，于是不得不改变策略，每天一个上午甚或隔日一趟。就这样，在方志馆断断续续待了约莫两个多月，翻阅了大约 130 多种新版方志，总共拍摄下几十帧图像。最后因坚持"一人一像"的做法，淘汰了其中重复的，于是仅有几帧真正派上了用场。回头看看，这个办法用力不小，其实收获甚微。不过，也总算弥补了早年征集工作中各地政协文史委回复寥寥的缺憾。

其三，用雅集合影原照电脑分割。

后　记　　　　　　　　　　　　　663

当年，柳亚子等所编《南社丛刻》，共22集，其中刊有一些南社烈士和亡友的遗像，都是单人照片，可以直接翻拍。还有一批南社历次雅集合影，都是几十人的集体照。这批合影均是当年所摄，是人们当年参加南社活动时的年岁、相貌、风采的真实写照，相当珍贵。但是，刊出的合影照片偏小，人却多多；有的排列参差不齐，对照刊出的名单不易将人认准；而《南社丛刻》用纸较差，加上印刷质量欠佳，距今年代又远，因而照片清晰度甚差。特别是，今天要用现代技术，将一个个头影从电脑上分割出来，其效果显然难以理想。犯难之际，我们在苏州博物馆保管部有了一个令人惊喜的发现，意外发现了20世纪60年代初，郑佩宜夫人根据柳亚子先生遗愿捐赠的当年的一批原照，其中不仅有几乎每一次南社雅集，还有新南社两次聚餐会（缺第二次），岁寒社全部七次雅集，还有在北京中央公园、黄兴临时寓所，湖南长沙枣园、长沙烈士祠，杭州西泠印社的临时雅集。这批原照，比《南社丛刻》上刊载的要大很多，而且后面都有卡纸；卡纸上下或背面，柳亚子先生还亲笔按顺序一一标注着与会者姓名，十分便于辨认。特别是，百年来一直保藏良好，清晰度高，更加适宜用于电脑分割。在苏博保管部的大力支持下，我们于2011、2018年先后两次前往翻拍，共获合影39帧，后来一一精心分割，采用个人头像300余帧。这可以说是图像搜集过程中的一个亮点，一次难能可贵的重大收获。柳亚子先生当年难道有先见之明，预知百年之后人们会来下这一番功夫？真是上天恩赐！

斗转星移。聚沙成塔。自 2008 至 2019 年，十二年间，我们苦心孤诣，努力不辍，共获图像 649 人（帧），其中南社社友 600 人，新南社社友 49 人，约占南社、新南社社友的半数。这数字自然难以令人满意，不过，细细披览，南社的一批知名人士，即在中国近现代史上曾经留下明显足迹的重要人物，多已囊括在内。鉴此，尽管尚有缺憾，且部分图像不够清晰，还是考虑定名《南社社友图像集》准备付梓，以永久保存这部分得来不易濒临湮没的珍贵文献，也算回应广大社友后裔和学者朋友的殷切期待。同时，希望图像集的出版，能在更大范围内传播这一讯息，期待更多热心的朋友伸出援手，和我们一起继续访求，继续挖掘。有朝一日，看能否拿出一个完整一点的版本，让名垂青史的南社，到那时来一次逸兴遄飞、龙吟凤哕的大团聚式的"雅集"。

张明观

2019 年 5 月于苏州

如有更多线索，请联系：zhangshx2005@163.com

后　记　　　　　　　　　　　　　　　　　　　　**665**

图书在版编目(CIP)数据

南社社友图像集/张明观,张慎行,张世光编著
. —上海:上海人民出版社,2019
ISBN 978 - 7 - 208 - 16028 - 6

Ⅰ.①南… Ⅱ.①张… ②张… ③张… Ⅲ.①南社-
图集 Ⅳ.①I209.5 - 64

中国版本图书馆 CIP 数据核字(2019)第 171342 号

责任编辑 邵 冲
封面设计 陈酌工作室

南社社友图像集
张明观 张慎行 张世光 编著

出 版 上海人民出版社
     (200001 上海福建中路 193 号)
发 行 上海人民出版社发行中心
印 刷 江阴金马印刷有限公司
开 本 890×1240 1/32
印 张 21.75
插 页 5
字 数 423,000
版 次 2019 年 10 月第 1 版
印 次 2019 年 10 月第 1 次印刷
ISBN 978 - 7 - 208 - 16028 - 6/K · 2880
定 价 108.00 元